C'rysta Winter

Trüffelige
Nachtschattengewächse

Edition Rutenmühle

Das Buch

Der Titel des schmalen Erzählbändchens kann schon als Einladung zuzugreifen dienen, impliziert er doch gleichermaßen Geheimnisvolles wie auch Vergnügliches. Befremdliches und Mörderisches. Elf kleine Snacks für zwischendurch und doch nicht so leicht verdaulich, wie die geringe Seitenzahl vielleicht vermuten lässt.

Die Autorin

C'rysta Winter ist freie Krimiautorin. Sie lebt in der Abgeschiedenheit eines Mühlendorfes im nordwestlichen Teil Niedersachsens. Sie schreibt schwarzromantische und kriminelle Kurzgeschichten. In ihrem ersten Kriminalroman „Eine Leiche für Perrot" schickt sie Achille Perrot, den Enkel und einzigen Nachkommen des Hercule Poirot auf Mördersuche.

Trüffelige Nachtschattengewächse

C'rysta Winter

Edition Rutenmühle

Überarbeitete Neuauflage Mai 2019
Zusammenfassung aus „Nachtschattengewächse"
und „Trüffelige Geschichten"
©2009 C'rysta Winter, Edition Rutenmühle
Herausgeberin: C'rysta Winter, Rutenmühle
www.crysta-winter.de

©2019 Herstellung und Verlag: BoD –
Books on Demand, Norderstedt.
Umschlaggestaltung: BoD Easy Cover
Layout und Satz: C'rysta Winter, Rutenmühle
Gesetzt aus der Constantia

ISBN: 978-3-73476-116-4
www. crysta-winter.de

für
Käthe und Willi

Magdalena

Es gibt Menschen die bereits durch ihr Erscheinungsbild keinen Zweifel daran aufkommen lassen, dass sie allen niederen Anfeindungen erhobenen Hauptes die Stirn bieten. Diese Menschen haben in der Regel ein offenes Gesicht und wenn sie lächeln bilden sich hinreißende Grübchen auf beiden Wangen. Sind diese Wesen weiblich, verblasst ihre Selbstsicherheit auch im Alter nicht. Sind sie männlich, neigen sie ab fünfzig zur Nachgiebigkeit. Dessen ungeachtet haben beide Gattungen einen Hang zu Ehepartnern, die ihnen in ihrer Liebenswürdigkeit in nichts nachstehen und an schönen Sommerabenden wandeln sie mit diesen durch die virtuos komponierten Blumenrabatten ihres Bauerngärtchens. Das Einzige was diese Individuen aus den wohlgeordneten Bahnen ihres Lebens herauskatapultiert, ist ihre Sammelleidenschaft für Leichen. Nicht dass daran etwas Absonderliches wäre. Im Gegenteil. Es ist eine Beschäftigung, die, wie jede andere der Entspannung dienende Tätigkeit auch, den Zeiten des Lebens sinnwahrende Bedeutung verleiht, die nicht durch lebenssichernde Umtriebigkeiten geprägt sind. Allerdings ist die Besessenheit, mit der diese Geschöpfe den Objekten ihrer Begierde nachjagen, befremdlich.

Auch Magdalena frönte einer Sammelleidenschaft. Aber sie war wankelmütig. Im Laufe ihres Lebens hatten sich ihre Vorlieben so vielfältigen Strömungen unterworfen, dass niemand wusste, welchen Dingen sie sich als nächstes zuwenden würde. Auch Gustav wusste es nicht und am wenigsten konnte Magdalena selbst darüber Auskunft geben. Vorhersehbar war allein Magdalenas absonderliches Gelächter, das verlässlich mit jedem ihrer neuen Sammelanfälle einherging, denn Magdalenas größte Befriedigung war es, sich immer ausgefalleneren Sammelneigungen hinzugeben. Ja, man muss der Vollständigkeit halber erwähnen, dass sie von einer außerordentlichen, noch niemals vorher da gewesenen Sammlung träumte. Und dieser Wunsch veranlasste Magdalena zu immer kurioseren Ideen und Gustav ein ums andere Mal zu der Feststellung, er sei eine arme Seele. Anfänglich überging Magdalena diesen Stoßseufzer. Aber mit der Zeit bemerkte sie, dass dieser Seufzer in ihr ein sonderbares Verlangen auslöste. Tief in ihrem Inneren nistete sich dieses Verlangen ein, wo es eigenmächtig Wurzeln schlug und ohne ihr Zutun glückverheißende Blüten trieb.

„Rostige Bratpfannen? Meine Liebe findest du nicht auch ...?"

„Sie gefallen dir nicht, Gustav?"

„Nein Magdalena. Wenn ich ehrlich bin, sie gefallen mir nicht sonderlich."

„Dann haben dir die Dachziegel auch nicht zugesagt?"

„Nein Magdalena, die Dachziegel auf den Fensterbän-
ken auch nicht. Und auch nicht die achtundzwanzig Regenschirme. Und wenn wir schon einmal dabei sind …"

Das Licht der untergehenden Sonne irrlichterte in
Magdalenas Augen. „Ja, ich weiß. Du bist eine arme Seele."

Gustav wollte sich in Bezug auf Magdalenas Seele nicht
zu einer unüberlegten Bemerkung hinreißen lassen. „Also, wie gesagt, wenn wir schon einmal dabei sind, du
könntest deine Aktivitäten eventuell auf etwas Gefälligeres
verlegen, auf etwas weniger Exzentrisches. Auf etwas, das
vielleicht ausnahmsweise den Sinnen schmeichelt. Düfte
zum Beispiel. Düfte schmeicheln ungemein." Gustav lächelte Magdalena gewinnend an. "Ja, ich denke wirklich,
du könntest Kräuter sammeln."

„Kräuter, Gustav? Du meinst allen Ernstes ich soll
Kräuter sammeln? Bis an mein Lebensende? Ich soll ein
altes Weib werden, mit Hakennase und mit einem Wei-
denkorb auf dem Rücken? Ich soll krumm werden mit den
Jahren Gustav … krumm? Gustav! Ich müsste mir einen
Gehstock aus Buchenholz schnitzen … und ich würde
wahrscheinlich niemals mehr die Kraft haben, diese eine
Sammlung …"

Unglücklicherweise erfuhr Gustav vorerst nicht, wozu
Magdalena voraussichtlich niemals mehr die Kraft haben
würde, weil Magdalena dieser Unterhaltung kurzerhand
ein Ende setzte, indem sie wie leblos auf den Dielenboden
sank und ernsthaft krank wurde. Tagelang wälzte sie sich
phantasierend im Fieber durch wirre Träume und nachts
schlug sie sich am Bettpfosten die Fußknöchel blutig. Am

sechsten Tag faltete Magdalena die Hände über der Bettdecke.

„Ich werde sterben, Gustav. "

„Blödsinn", sagte Gustav. Lächelnd wickelte er sterile Mullbinden um Magdalenas nässende Wunden und schichtete Eiskompressen aus dem Tiefkühlfach auf ihre Stirn.

„Es hilft nichts", sagte Magdalena und starrte zur Zimmerdecke „wenn ich Kräuter sammeln muss, will ich sterben."

„Was für eine törichte Idee. Es stirbt sich nicht so mir nichts dir nichts. Es gehört schon ein bisschen mehr dazu, als ein paar Grad zu viel auf dem Fieberthermometer ... und schließlich und letztendlich ... niemand stirbt, nur wegen einer belanglosen Meinungsverschiedenheit."

„Einige schon", zischte Magdalena.

Erfreulicherweise gehörte Gustav nicht zu der Sorte Mensch, die sich durch offen ausgesprochene Morddrohungen verärgern ließ. Gustav war warmherzig. Und da mit dieser Eigenschaft ein angenehmer Grad an Kreativität einherging, hob Magdalena mit milder Neugier den Kopf vom Kissen.

„Ich soll Klänge sammeln? Ach nein, Gustav. Das ist nun wirklich zu abwegig."

Gustav wollte sich auch dieses Mal nicht zu einer unüberlegten Bemerkung hinreißen lassen. Er lächelte verschwenderisch. „Ich glaube es würde dich begeistern. Nein, ich bin sogar sicher, dass es dich begeistern wird. Klänge, Magdalena! Schon das Wort an sich ist Melodie."

Gustav ließ mit energischem Schwung melodiös klimpernde Eiswürfel in die Wasserkaraffe fallen und Magdalena stemmte die Ellenbogen ins Kopfkissen.

„Nun ja, die Vorstellung ist mir nichtunangenehm. Allerdings ... ach Gustav, ich habe noch nie gehört, dass jemand Klänge sammelt."

Gustav schlug entspannt die Beine übereinander. „Und diese Tatsache meine Liebe, ist die nicht fast schon eine Symphonie?"

Natürlich wurde Magdalena gesund und natürlich wurden die darauf folgenden Monate himmlisch. Magdalena sammelte Klänge mit einer Hingabe, die herzerfrischend war. Ihrem von Natur aus besonders sensiblen Gehör erschlossen sich jeden Tag neue, niemals vorher wahrgenommene Geräuschvariationen. Der silberhelle, einem fernen Gelächter ähnliche Laut des Sahnelöffels in der Kristallschüssel. Das zischelnde Messerschaben auf frisch geernteten Karotten. Das gregorianischen Gesängen gleiche Seufzen sirrender Überlandleitungen. Es war überwältigend. Magdalena war dem Himmel noch nie so nahe.

Auch Gustav war glücklich. Und im Laufe des Sommers verschwanden auf unspektakuläre Weise achtundzwanzig Taschenuhren ohne Zeiger. Vierunddreißig Dachziegel in rostroter Färbung. Ein wüstes Knäuel unpaariger Wollsocken. Ein Arsenal an abgebrochenen Bleistiften. Kurz gesagt, es verschwand bald dies und bald das. Dann dieses und dann jenes. Bis am Ende des Sommers rein gar nichts mehr an Magdalenas Sammlungen erinnerte und Gustav keinen Grund mehr hatte auf seine arme Seele hinzuweisen. Magdalena bedauerte diesen Umstand. Ja, bei genauerer Betrachtung schien es, als hege sie die Befürchtung, Gustavs arme Seele könnte sich für immer in Luft aufgelöst haben.

An einem klaren Spätsommerabend faltete Gustav zufrieden die Hände über dem Bauch und ließ sich behäbig in den schauerlich aufstöhnenden Ledersessel sinken. „Meine Liebe, deine Leidenschaft ist dankenswert platzsparend, wird alles nur noch hier oben eingelagert." Gustav klopfte sich zur Untermalung dieser zwar zutreffenden aber wenig sensibel formulierten Feststellung pochend gegen die Stirn. Dazu lachte er donnernd und ließ schmatzend eine Handvoll Erdnüsse in seinen Mund rieseln. Dröhnend übertönte das mahlende Geräusch seiner Kiefer den fein ziselierten, filigranen Ton des sich vom Winde bauschenden Terrassentürvorhangs.

„Also bitte, Gustav! Hör sofort auf damit!"

Gustav presste reuig die Lippen aufeinander und quälte den unzureichend zerkauten Erdnussrest besorgniserregend hustend und würgend die Speiseröhre hinunter.

Bereits an diesem Punkt der Erzählung hätte Gustav für immer verstummen, hätte die Unterhaltung beendet sein, oder falls sie dennoch fortgeführt würde, einen frostigen Ton annehmen können. Aber Gustav war nicht nur warmherzig, er war auch ausgesprochen robuster Natur.

„Es hat den Anschein", sagte Gustav und versenkte seinen Blick bohrend in Magdalenas Augen „ ... als wäre die Sache ausgereizt."

„Aber, nein ..." Magdalena ließ wie beiläufig ihre Hand in die Hosentasche gleiten. Gerade dorthin, wo sich seit Tagen zwei fein zusammengerollte Schafwollkügelchen befanden. „Es ist nur ... die Überlagerungen, Gustav ... die Dissonanzen ... die Fülle."

Gustav nickte. Ein wenig ratlos aber ungemein verständnisvoll. Mitfühlend stützte er den Kopf in die geöffnete Hand. Allerdings nur so tief um über dem Brillenrand noch einen besorgten Blick in die anheimelnde Ordnung des Zimmers werfen zu können.

„Etwas Neues?", fragte er zögerlich.

„Nun ja", sagte Magdalena und zog ihre Hand aus der Hosentasche wieder hervor. „Etwas Neues ... es wäre schon hübsch, etwas Neues zu haben."

Gustav verirrte sich in grüblerisches Schweigen. Gedankenverloren strich er seine Bartstoppeln entlang. Gustavs unrasierte Wangen und die verwaisten Fensterbänke inspirierten Magdalena. Sie dachte an Kakteen. Große Kakteen. Früchtetragende Kakteen. Den Opuntia robusta Feigenbaum, die papageienfarbige Pitahaya-Frucht. Magdalenas Sekret absondernde Drüsen machten ihr den Mund wässrig. Sie rückte in Gedanken bereits den Bauernschrank von seinem lichtdurchfluteten Standort in eine dunklere Zimmerecke. Gustav tauchte unvermittelt aus seinen Überlegungen hervor.

„Es müsste etwas, das sich einfügt sein", sagte er „nichts Störendes, nichts Aufdringliches."

Magdalena nickte wortlos. Schuldbewusst schob sie den Bauernschrank wieder neben das Fünffingerblattgewächs. Gustav starrte sie fischäugig an. Dann versank er von neuem in brütendes Schweigen.

Die Uhr auf dem Kaminsims tickte boshaft laut als Gustav plötzlich „etwas Stilles müsste es natürlich ebenfalls sein, am Besten etwas Imaginäres ", sagte und sich verhalten gähnend etwas tiefer in den Sessel drückte.

Magdalena blickte unter ihren halb geschlossenen Lidern zu Gustav hinüber. „So wie die Dinge liegen," sagte sie „wird es zur Zeit nicht einfach sein, eigentlich so gut wie aussichtslos etwas zu finden, das sich einfügt, still ist und dazu auch noch so gut wie unsichtbar."

Gustav seufzte inbrünstig. „Ich bin eine arme Seele", sagte er. Dazu nickte er greisenhaft. Magdalenas Gelächter war sonderbar, sogar äußerst sonderbar. Irrsinnig sonderbar. Leider war Gustav nicht nur warmherzig und robust. Er war auch ein wenig naiv und so sah er Magdalena nachsichtig über den Brillenrand hinweg an.

„Du könntest auch", sagte Gustav „nach umfassender Erwägung, angesichts der nicht ganz einfachen Situation, im Hinblick auf die unabdingbaren Erfordernisse ... eine schöpferische Sammelpause einlegen."

Hier verharren wir nun für einen Moment. Zum einen, weil der Aufschrei, der sich nach Gustavs Vorschlag in den Vorhängen verfing, elementar war und entsprechend gewürdigt werden muss. Zum anderen, weil auch die nach dem Schrei herrschende Stille etwas Beklemmendes hatte, was ebenfalls nicht auf ein harmonisches Miteinander hindeutete.

Aber es ist noch nicht aller Tage Abend und so fügen wir uns ziemlich genau sechs Wochen später erneut in die Geschehnisse ein. Es ist ein trübnasser Oktobernachmittag. Und wie so oft, ist auch dieser trübnasse Oktobernachmittag denkbar ungünstig einen letzten Blick auf etwas zu werfen. Denn es ist so kalt und feucht, dass wir den Schal enger um den Hals schlingen und den Hut tiefer in die Stirn ziehen. Nebelkrähen fliegen in Scharen eine Handbreit über dem Gottesacker. Der Wind weht stetig und während wir noch auf das Brausen der Buchenblätter lauschen, stehen wir unvermittelt vor einer gotischen Kapelle.

Der Kies unter unseren Füßen knirscht leise, doch das Geräusch ist nicht unangenehm. Und weil dies so ist, legen wir zwar ein wenig beklommen aber mit Neugier unsere Hand auf die verwitterte Türklinke. Mit uns wirbelt eine Krähenfeder ins Innere der kleinen Kirche. Halbdunkel umfängt uns und ... Stille. Nur ein zartes Aufschluchzen dringt an unser Ohr. Eine Frau kniet in der vordersten Bank. Sie hat ein Wolltuch um ihren Kopf geschlungen. Ihre gefalteten Hände ruhen auf einem aufgeschlagenen Gebetbuch.

„Herr, nimm auch diese arme Seele zu dir." Sie bittet mit Inbrunst. Wir schlagen bewegt das Kreuz über der Brust und blicken zum geöffneten Sarg hinüber.

„Amen", flüstern wir andächtig und drehen ein wenig verlegen den feuchten Filzhut zwischen den Händen. Die Frau wendet den Kopf.

„Magdalena!" Dieser Ausruf entfährt uns unbedacht laut. Aber Magdalena beachtet uns kaum. Gottesfürchtig senkt sie den Kopf und steigt die Holzstufen zum Altar empor. Und wir folgen ihr, mit bangem Herzen ... hinüber zum Sarg.

„Das ist nicht Gustav!"

Der Widerschein der Totenkerze irrlichtert in Magdalenas Augen.

„Nein", flüstert sie und legt uns lächelnd den Zeigefinger über die Lippen. „Das ist Leopold. Bereits die vierte arme Seele in dieser wirklich ganz aparten Sammlung."

Die Schwester

Es war Oktober. Und es war einer dieser tristen, regen-durchweichten Nachmittage auf dem Land, deren trübselige Stimmung erst unter die Haut und dann ins Gemüt kroch. Auch Anton war infiziert. Gereizt stocherte er in ein paar armseligen Flammen, die träge an den Birkenscheiten emporzüngelten.

„Es brennt nicht. Nein Charlotta, bitte verschone mich mit deinen nutzlosen Ratschlägen. Ich bin sehr wohl in der Lage ein stattliches Kaminfeuer anzuschüren. Aber dieses Holz ist feucht. Ich sage dir, es ist so feucht wie eine Badematte. Es dampft geradezu."

Charlotta zog den Rollkragen ihres Wollpullovers über die Nase. „Mein lieber Bruder, es dampft nicht. Das ist Qualm."

„Das Resultat ist in diesem Falle ein und dasselbe. Es brennt nicht."

Charlotta unterließ es sich über Dampf im Allgemeinen und Qualm im Besonderen auszulassen. Charlotta hatte anderes im Sinn.

„Anton, ich will hier weg."

„Ach, ja?" sagte Anton und unternahm einen weiteren erfolglosen Versuch dem Feuer mehr Wärme abzuringen. „Ist es gestattet zu fragen warum?"

„Ja, es ist gestattet", sagte Charlotta.

Anton lächelte und ließ den Schürhaken sinken: „Unser Spiel? Jetzt?"

Charlotta nickte hastig. „Ja", sagte sie und presste konzentriert die Fingerspitzen gegen die Schläfen „allerdings, vorher noch eine Frage ... ist auch heute alles erlaubt?"

„Gewiss", sagte Anton. „Die Regeln sind wie jeden Abend. Alles ist erlaubt und wir spielen, bis wir das Licht löschen."

„Nun also, beginnen wir." Charlotta verneigte sich graziös. Dann machte sie eine ausholende Bewegung in die angrenzenden Räumlichkeiten.

„Anton, ich kann das alles nicht mehr sehen. Dieses Landhausambiente, es geht mir gründlich auf die Nerven. Ich ertrage es nicht mehr. Diese Herbstblumensträuße in den Vasen, dieses blau und weiß der Gardinen ..." Charlotta stockte. „Anton die Gardinen sind doch blau und weiß?"

„Sicher. Ein Zweifel ist ausgeschlossen. Die Gardinen sind blau und weiß."

„ Und in den Vasen? Anton, sind in den Vasen frische Herbstblumensträuße?"

„Meine Güte, Charlotta. Was ist los mit dir? Natürlich sind in den Vasen frische Herbstblumensträuße."

Charlotta presste die rechte Hand gegen ihre Brust. „Soll ich dir etwas sagen? Ich ertrage auch Florentines Patchwork Kissen auf den Sesseln nicht mehr. Diese Kissen ... sie nehmen mir die Luft zum Atmen. Und darum will ich weg hier und ich will sofort aufbrechen."

Anton zog alarmiert den Kopf zwischen die Schultern. „Halt den Mund, Charlotta. Deine Hysterie macht mich krank. Weg hier ... weg hier. Charlotta wir sind hier zu Hause."

„Wir? Mein Lieber, nicht wir. Unsere Schwester ist hier zu Hause."

„Ich flehe dich an, Charlotta. Nicht dieses Spiel. Schweig. Ich bitte dich um Himmels willen, schweig. Sonst nimmt dieser Tag ein unheilvolles Ende."

„Nein, ich werde nicht schweigen. Aber gut, wenn du die Augen verschließen willst. Ich jedenfalls werde es nicht tun."

„Mein Gott, dein Gezeter tötet mir den letzten Nerv. Unsere Schwester hat dieses Haus geerbt. Ein für alle Mal. Florentine hat es von Jakob geerbt. Rechtmäßig. Was willst du also? Ihren Kopf auf einem silbernen Tablett? Zum letzten Mal. Hör auf mit diesem Unsinn!"

„Geerbt." Charlotta schnaufte verächtlich. „Du bist ein Narr, Anton. Und du bist zu feige, die Dinge beim Namen zu nennen. Unsere Schwester ist eine Hexe, mit ihren roten, wildgelockten Haaren."

„Komm her, Charlotta. Lass dieses Geschwätz. Nein, du musst nicht weinen. Meinetwegen, dann weine. Aber hör auf zu kreischen."

„Ich weine nicht Anton. Es ist der Qualm ...."

„Ja sicher, der Qualm. So ist es gut. Setz dich, mach es dir bequem. Warte, ich lege dir die Decke über die Knie. Hör zu, Charlotta. Wir können nirgendwo hinfahren. Man muss nur aus dem Fenster sehen. Wir würden uns mit dem Wagen auf diesen gottverdammten, schlammigen Landwegen fest fahren. Außerdem ... es wird bereits dunkel. Und dann, was machen wir, wenn wir mitten im Dreck stecken und weder vor noch zurück können? Dann würdest du dich zurücksehnen in dieses Hexenhaus. Schau Charlotta. Unsere Schwester liebt dieses Haus. Ich glaube mehr als ihr Leben. Schon als Kind hat sie es geliebt. Jakob wusste das. Und eine Hexe? Sei nicht albern."

Charlotta lehnte sich steif gegen die Polster. „Und das Kätzchen im letzten Sommer? Hast du das vergessen? Florentine hat das Kätzchen ins Feuer geworfen."

„Das ist nicht wahr, Charlotta! Florentine vergöttert Katzen. Es war ein tragischer Unfall. Unsere Schwester hat lange darunter gelitten."

„Anton, du musst dich nicht erregen. Ich will nicht streiten. Komm, lehne deinen Kopf an meine Schulter und hör mir zu. Versprich, dass du mir zuhören wirst."

„Gut, ich werde dir also zuhören."

„Heute ... ich weiß nicht genau wie spät es war, auf jeden Fall war es noch trocken, obwohl es schon abzusehen war, dass es Regen geben würde. Jedenfalls stand Florentine plötzlich in der Küche. Begleitest du mich, hat sie gefragt. Erst wollte ich nicht, denn sie trug Jakobs dunkelgrünen Wollpullover."

"Fängst du schon wieder damit an, Charlotta? Jakob ist tot!"

„Ja, Jakob ist tot. Es war sein Herz, nicht wahr?"

„Ja, Jakob hatte ein schwaches Herz."

Charlotta flocht die Fransen der Wolldecke zu kleinen Zöpfen. „Anton, Florentine sagt, du hättest auch ein schwaches Herz. Siehst du, jetzt stockt auch dir der Atem. Deine Hände werden feucht und der Schweiß tritt dir auf die Stirn ... und dein Herz, es pocht so wild. Anton, so beruhige dich doch!"

„Ja, doch. Ich beruhige mich."

Charlotta schloss die Augen. „Nun, ich bin dann doch mitgegangen. Ich kann eigentlich nicht genau sagen, warum. Vielleicht war es ihre ruhige Art. Ja, es muss an ihrer Art gelegen haben, denn jetzt wo ich es dir erzähle bemerke ich, dass sie mich fast liebevoll gebeten hat, sie zu begleiten."

„Wohin seid ihr gegangen?"

„Wir sind um den Mühlenweiher herumgewandert." Charlotta kicherte. „Anton, ist dir jemals aufgefallen, dass die Graureiher auf der Mühlenteichinsel aussehen wie zusammengeklappte Regenschirme mit Porzellangriff? Nun, was soll ich sagen. Auf dem Rückweg, dort wo die weiße Bank unter den Birken steht, hat uns der Regen überrascht."

„Unter den Birken steht keine weiße Bank, Charlotta."

„Anton, wie dumm du bist. Sicher steht dort eine weiße Bank. Wir haben bereits unzählige Male darauf gesessen."

„Charlotta, diese Bank die dort steht und auf der wir gesessen haben, ist blau."

„Du hast Recht. Ich hatte es vergessen. Nun, sicher ist, dass uns dort der Regen überrascht hat und wir in den alten Pferdestall geflüchtet sind."

„Das verwundert mich, dass ihr die paar Schritte zum Haus nicht mehr geschafft habt."

„Es hat wirklich sehr geregnet. Aber es stimmt. Wir hätten es schaffen können. Doch Florentine hat mich einfach mitgezogen. Und da saßen wir dann, zwischen muffig riechenden Heuhaufen und haben den Regentropfen zugeschaut. Natürlich wurde mir kalt mit der Zeit. Vielleicht finde ich eine Decke für dich, hat Florentine gesagt und sie hat angefangen im Stall herumzustöbern. Aber unten, da war keine Decke und Florentine ist die Stiege zum Dachboden hinaufgeklettert. Ich habe gewartet und gehört, wie sie dort über mir herumläuft. Nach einiger Zeit bekam ich Lust auch hinaufzusteigen. Aber dort oben lag auch nur altes Heu und wir haben uns auf eine staubige Holzkiste gesetzt. Ganz still ist es gewesen. Nur der Regen war zu hören. Irgendwann ist Florentine langweilig geworden. Aber vielleicht war auch ihr kalt. Jedenfalls ist sie in den Heuhaufen gesprungen und hat einen wilden Tanz aufgeführt. Es sah so lustig aus Anton. Wir haben gelacht und ich habe mit Heu nach ihr geworfen.

Was soll ich also sagen. Dieses Herumtollen hat mich müde gemacht und ich habe mich zurück auf die Kiste gesetzt. Und dann stand sie da. Mit dem Rücken zur Stiege. Ganz still war sie und hat gelächelt. Immerzu gelächelt. Anton, ich musste nicht einmal aufstehen, um ihr einen Stoß zu geben. Ich habe einfach den Arm ausgestreckt ... und jetzt liegt sie da, mit ihren roten, wildgelockten Haaren. Ach, Anton ... und sie lächelt immer noch."

Anton schlug sich entsetzt die Hände vor das Gesicht. „Grauenvoll", stöhnte er. „Mein Gott Charlotta, das ist grausig und furchterregend."

Charlotta lächelte zaghaft. „Du wirst auch mit jedem Male tückischer, Anton ... ich flehe dich an Charlotta. Nicht dieses Spiel. Sonst nimmt dieser Tag ein unheilvolles Ende ... Ich muss gestehen, das klang so echt, dass ich einen Moment nicht wusste, ob es dir ernst ist."

„Nun, ja", sagte Anton. „Tatsächlich wusste ich es selbst nicht so genau." Fröstelnd schlang er die Arme um sich, zwei Wimpernschläge lang. Dann stand er auf und streckte seiner Schwester fürsorglich die Hände entgegen. „Komm, Charlotta."

„Du hast Recht, Anton. Lass uns hinauf gehen. Das Feuer wird uns heute nicht mehr wärmen." Charlotta ließ langsam die Wolldecke zu Boden gleiten.

„Anton, morgen ist Sonntag. Morgen bringe ich niemanden um."

„Nein, Charlotta, morgen bringst du niemanden um."

„Anton, morgen spielen wir etwas Lustiges."

„Ja. Morgen denken wir uns etwas Fröhliches aus. Wir werden lachen und uns herrlich fühlen."

„Anton, wird es dir nicht langweilig werden, wenn wir uns Abend für Abend Geschichten ausdenken?"

„Aber nein, Charlotta."

„Werden wir niemals aufhören, dieses Spiel zu spielen?"

„Nein, wir werden niemals damit aufhören."

„Dann ist es gut. Es ist sonderbar. Wenn wir spielen, dann sehe ich Gestalten, Farben, Gesichter. Anton, wenn wir spielen, dann vergesse ich, dass ich blind bin."

„Ja", sagte Anton. Verschwiegen löste er einen Heuhalm aus Charlottas roten, wildgelockten Haaren. Dann löschte er das Licht.

gastrophysa viridula

Ostern war vorbei. Der unwiderruflich letzte Hagelschauer dieses Frühlings war vor ziemlich genau zwei Wochen über Ludwig und den Garten hinweggefegt. Nun umsummten Hummeln necktartrunken sonnengelben Löwenzahn. Reckten Kressensämlinge an schlanken Hälsen ihre Blätter dem Licht entgegen. Und genau zwischen diese Hälse rammte Ludwig die Spitze der Gartenhacke.

„Vom Eise befreit sind Strom und Bäche
durch des Frühlings holden belebenden Blick,
im Tale grünet Hoffnungsglück..."

„Frühlingsholder Blick. Im Tale grünet Hoffnungsglück. So ein Schmarrn. Ein weltfremder Schöngeist war das. Ein Realitätsflüchter."

Mürrisch beobachtete Ludwig zwei Zitronenfalter, die zärtlich umeinander gaukelten. „Hat sich alles aus den Fingern gesaugt, der Herr Geheimrat. Hoffnungsglück! Es gibt kein Hoffnungsglück!"

Diese bittere Feststellung teilte Ludwig einem grünen Sauerampferkäfer mit, der aufgeschreckt an dem bemoosten Gartenzaun emporkletterte und schutzsuchend seinen Leib in eine Holzspalte zwängte. Ludwig schüttelte über so viel Unverstand den Kopf. Mit einem dünnen Zweig pochte er auf den schillernden Panzer des Käfers.

„Was bist du doch für ein hässliches, dummes Tier. Steckst dein Vorderteil in die Dunkelheit und lässt dein Hinterteil herausragen. Was denkst du? Dass dich in diesem erbärmlichen Schlupfwinkel niemand entdeckt? Warte nur ab. Die Drossel dort drüben auf dem Ast hat dich schon erspäht. Sie hat hungrige Schnäbel zu stopfen. Da kommt ihr so einer wie du es bist gerade recht. Es hilft dir also gar nichts, wenn du jetzt toter Mann spielst. Spätestens wenn dich selbst der Hunger übermannt wirst du einen intelligenten Plan entwickeln müssen, wie du ungeschoren aus dieser Situation herauskommst. Schließlich kannst du nicht den Rest deines Lebens in diesem jämmerlichen Zustand ausharren."

Den Käfer mochte ein ähnlicher Gedanke erfasst haben. Wachsam streckte er seinen Kopf aus der Spalte und begann mit seinen Fühlern die Umgebung zu erkunden. Ludwig betrachtete ihn interessiert.

„Du bist nicht so dumm wie ich dachte. Du sondierst das Terrain. Du prüfst die Möglichkeit dich klammheimlich davonzustehlen. Willst nichts dem Zufall überlassen, he? Hör zu", sagte Ludwig, der den Käfer plötzlich sympathisch fand. „Wir sind ein wenig in der gleichen Situation. Auch ich befinde mich in einer Lage, aus der es so ohne weiteres kein Entrinnen gibt. Und da wir also gewissermaßen gegen dasselbe Schicksal ankämpfen, will ich dir eine vertrauliche Mitteilung machen."

Ludwig hob den Kopf und spähte über die Buchsbaumhecke hinüber zu seiner Frau, die sich am anderen Ende des Gartens an einem Rosenstrauch zu schaffen machte. „Weißt du ... sie ist der Mühlstein an meinem Hals. Ich würde sie lieber heut als morgen zum Teufel jagen. Doch das will gut vorbereitet sein. Mit anderen Worten. Es ist leichter gesagt, als ausgeführt. Es braucht einen gut durchdachten Plan. Wenn du verstehst, was ich meine. "

Der Gastrophysa viridula schien ein gewisses Verständnis für Ludwigs Nöte aufzubringen. Anmutig senkte der Käfer seine Fühler und strich sich damit über den Kopf. Diese zarte Anteilnahme rührte Ludwig. Verlegen blinzelte er in die Sonne während ihn ein warmes Gefühl durchströmte.

„Es ist überaus nett von dir, dass du Mitgefühl zeigst. Diese edelmütigste aller Tugenden ist nämlich ganz und gar nicht selbstverständlich."

Ludwig vergewisserte sich mit einem schnellen Blick über die Schulter, dass sein Gespräch nicht etwa belauscht wurde. Aber vorerst drohte von der anderen Seite des Gartens keine Gefahr und Ludwig wandte sich wieder dem Käfer zu.

„Hör zu, du kleiner Grünling. Du musst nicht denken, dass ich aus niederen Gründen danach trachte, sie loszuwerden. Auch bin ich beileibe kein Mann der voreilig zur Tat schreitet, ohne das Für und Wider vorher ausgiebig abgewogen zu haben. Doch verhält es sich seit Jahren so, dass sich die Dinge für mich nur noch zur schlechten Seite neigen. Ohne boshaft sein zu wollen und ohne ein allzu großes Gewese um meine eigene Person zumachen, muss ich doch sagen, meine Lebensumstände haben das Maß des erträglichen schon lange überschritten. Ich befinde mich sozusagen in einer Situation, in der es heißt, friss oder stirb. Doch weißt du, ich habe schon zu viel gefressen. Jetzt ist es an jemand anderen, die Suppe auszulöffeln."

Ludwig lehnte die Hacke gegen den Gartenzaun und kauerte sich hinter den rosafarbenen Azaleenbusch.

„Hör zu, du kleiner Käfer. Ich will dich nicht mit Einzelheiten quälen, aber lass dir gesagt sein, sie ist der Alp, den ich tagtäglich auf meinen Schultern umhertrage. Und als wäre das nicht Folter genug, ergreift sie auch in meinen Träumen von mir Besitz. Schau mich an. Ich bin seit Wochen nur noch ein Schatten meiner selbst. Meine Nerven fangen bereits an, mir demütigende Streiche zu spielen. Erst heute Morgen wieder. Ich konnte mich plötzlich unter ihren Blicken nicht mehr erinnern, ob ich den Kaffee mit oder ohne Zucker trinke und habe in einer sonderbaren Verwirrtheit drei Löffel davon in meine Tasse geschaufelt. Du hättest hören sollen, zu welch bösartiger Überlegung sie mein Irrtum daraufhin anstachelte. Ludwig, hat sie gesagt. Es wird immer ärger mit dir. Das Durcheinander in deinem Kopf nimmt ein beunruhigendes Ausmaß an. Du solltest dich auf deinen Geisteszustand hin untersuchen lassen. Du kannst dir sicher vorstellen, dass ich über die Bemerkung hinsichtlich meines Geisteszustandes auf das Tiefste erbittert war. Doch ließ ich mir nichts anmerken. Ich tat stattdessen beschäftigt und rührte mit bemerkenswerter Gelassenheit in meiner Kaffeetasse. Ich glaube, ich lächelte sogar freundlich als ich mit liebenswürdiger Stimme sagte, ich wüsste wirklich nicht, was sie zu diesen Überlegungen veranlasste. Was dann geschah, ist für dich sicher schwer vorstellbar, daher will ich vor dir auch nicht das ganze Ausmaß ihres Gegenschlags ausbreiten. Nur dieses hier, dass sie mich in ihrer Wut als lächerlichen Strohkopf titulierte und mir eine Tomate an den Kopf warf. Nur meiner Geistesgegenwart habe ich es zu verdanken, dass diese Tomate mich lediglich streifte und nicht mitten in meinem Gesicht zerplatzte. Nun sag doch selbst, mein kleiner grüner Freund. Muss ich, ein Mann in den besten Jahren, mich diesen fortwährenden Demütigungen aussetzen? Habe nicht auch ich das Recht auf Glück? Auf eine tiefe Zuneigung, die allem Unbill seine Schärfe nimmt? Muss ich mich wie ein dahergelaufener Einfaltspinsel unter den unerträglichen Anfeindungen ducken und den Kopf zwischen die Schultern ziehen?"

Ludwig ergriff den Stil der Gartenhacke und ließ die blanke Metallspitze einige Male in der Sonne aufblitzen.

„Nun sag schon. Soll ich mich etwa ohne Gegenwehr in mein Schicksal ergeben?"

Die Beantwortung dieser existentiellen Frage überstieg die Äußerungsmöglichkeiten des Sauerampferkäfers beträchtlich. Bestürzt von der Schwere der ihm auferlegten Verantwortung, barg er den Kopf in einer Moosflechte und zog die dünnen Beine unter seinen Panzer.

„Ah", sagte Ludwig, der diese Geste beifällig zur Kenntnis nahm. „Du ziehst dich in Klausur zurück. Willst kein vorschnelles Urteil abgeben. Das Gehörte überdenken, bevor du mit deinen Schlussfolgerungen und Ratschlägen aufwartest. Gut so. Lass dir Zeit mit deinen Überlegungen. Ich werde dich beileibe nicht drängen. Auch liegt es mir fern, dich mit Berichten über weitere erniedrigende Begebenheiten zu beeinflussen. Ich will mich voll Hoffnung darauf, dass du mir eine praktikable und totsichere Lösung präsentieren wirst, hier in deiner Nähe aufhalten und ein wenig den Boden beackern. Ja", sage Ludwig und schielte hinüber zu den Rosenbüschen. „Ich will mein Schicksal in deine Hände legen und mich voller Zutrauen ganz auf deinen scharfen Verstand verlassen."

Da es für Ludwig schon außer Frage stand, dass die beschriebenen Ereignisse in der Seele des gastrophysa viridula bereits ein grimmiges Mitgefühl für ihn ausgelöst hatten, griff er beflügelt nach der Hacke und begann, mit kräftigen, gleichmäßigen Bewegungen die Erde aufzulockern. Nur noch eine Weile, nur noch eine winzige Weile und er könnte, ermächtigt durch den Spruch des Sauerampferkäfers, zum vernichtenden Schlag ausholen. Im Tale grünet Hoffnungsglück. Ludwig lächelte. Was für ein Frühlingstag! Noch heute Morgen, ach was rede ich, noch vor einer Stunde war ich gepeinigt von dem Gefühl der Machtlosigkeit. War ich, gefangen in meiner Unentschlossenheit, ein Nichts. Ein versteinerter Niemand. Und nun? Nun bin ich wie die Zitronenfalter dort drüben auf dem Fliederbusch. Beseelt vom Licht der Sonne. Trunken vom

Duft der Blüten. Berauscht vom eigenen Flügelschlag. Was für ein Frühling! Ludwig hätte aus voller Kehle singen mögen. Nur die Befürchtung, dies könne bei seinem Verbündeten ein ungünstiges Licht auf ihn werfen oder schlimmer noch, diesen vielleicht mit verheerenden Folgen am Nachdenken hindern, verschloss ihm die Lippen.

Alles zu seiner Zeit, dachte Ludwig während er im Kräuterbeet Reihe um Reihe den Boden beackerte. Unkräuter zwischen der Petersilie zupfte und welke Blätter aus dem Feldsalat entfernte. Zwischen seinem Tun äugte er hin und wieder erwartungsvoll zum Gartenzaun hinüber. Doch so oft er auch hinübersah. Jedes Mal kauerte der Käfer in unveränderter Haltung zwischen den Moosflechten. Gütiger Himmel, er wird geistig hoffentlich nicht unterentwickelt sein. Ich gebe ihm noch genau zwei Minuten Zeit, dann gehe ich zu ihm und wenn nötig, werde ich ihm ein wenig auf die Sprünge helfen.

„Nun, mein lieber Freund", sagte Ludwig, nachdem er sich hinter dem Azaleenbusch verschanzt hatte. „Ich bin gekommen, das Resultat deiner Erwägungen in Erfahrung zu bringen."

Der Sauerampferkäfer rührte sich nicht.

„Lass, diese Spielereien", sagte Ludwig. „Ich habe wahrhaftig keine Lust, mich mit Albernheiten dieser Art aufzuhalten. Die Zeit ist reif für Mannestaten. Also frisch voran Kamerad. Sprich frei heraus, zu welchem Ergebnis du gelangt bist."

Trotz dieser feurigen Aufforderung verharrte der Sauerkampferkäfer stoisch in Unbeweglichkeit. Weder machte er Anstalten seinen Kopf aus dem Moos hervorzuziehen, noch ließ er sich durch wildes Pochen an den Gartenzaun dazu verleiten, sich in irgendeiner anderen, der Kommunikation förderlichen Weise zu gebärden. Er schlief.

„Sieh an", sagte Ludwig, der diesem Umstand keine weitere Beachtung schenkte „du treibst ein Spiel mit mir? Gib acht mein Freund, dass dich der Schabernack nicht ins Verderben führt. Bedenke, du bist für einen Zweikampf wirklich nicht sonderlich gut ausgerüstet. Doch weil ich in Anbetracht deiner bisherigen Zuwendung von milder Gesinnung bin, will ich dir eine letzte Chance einräumen. Also erläutere mir jetzt, was du im Sinn hast!"

Trotz dieses ultimativen Aufrufes rührte sich der Käfer nicht. Weder bewegte er seine Fühler. Noch sah er sich veranlasst, seine Beine unter dem Leib hervorzuziehen.

Ludwig sank vor dem Käfer auf die Knie und barg hoffnungslos den Kopf zwischen den Händen. Ja, da hockst du nun, du armer Tor und bist so klug als wie zuvor.

Du bist ein Trottel, Ludwig. Ein Tölpel, wie er im Buche steht. Alles hast du stümperhaft eingefädelt. Jetzt ist es nicht mehr zu übersehen. Du bist für dieses abscheuliche Unternehmen nicht im Mindesten befähigt. Deine aufgetischten Wahrheiten waren allesamt so schlecht bekömmlich, dass sie selbst ein gemeiner Gartenschädling nicht schlucken mochte. Deine Tiraden der Entrüstung, deine moralischen Anklagen ... durchweg lächerliche Versuche ein Komplott zu schmieden. Und wofür das alles?

Doch nicht etwa für das verlockend junge Lächeln von der anderen Straßenseite?

Mach dir nichts vor, Ludwig. Deine Wangen sind schlaff. Dein Bauch nicht mehr zu übersehen. Und das jugendliche Feuer deiner Augen? Erloschen, mein Lieber. Du bist ein alter Mann, Ludwig. Sieh den Tatsachen ins Gesicht und wisch die törichte Träne von der Nase. Selbstmitleid ist etwas für Hohlköpfe.

Meines Lebens schönster Traum ... Ach, Ludwig, lass das. Das passt jetzt wirklich nicht.

Ludwig stand auf und klopfte sich die Gartenerde von der Hose. Dann lehnte er die Hacke gegen den Zaun und ging hinüber zu seiner Frau.

Bis dass der Tod uns scheidet

Es ist passiert. Irgendwie war es plötzlich da. Dieses Gefühl. Und es ist in seiner Intensität so nachdrücklich und eindeutig, dass ich jetzt einen Schuldigen suche. Ich brauche unbedingt einen Schuldigen. Denn ich kann unmöglich mit diesem Gefühl weiterleben, ohne dafür jemanden oder etwas zur Verantwortung ziehen zu können. So übermächtig ist es. Nur leider ist das nicht so einfach mit der Suche nach einem Verantwortlichen. Ich habe schon daran gedacht, dem Frühling das Ganze in die Schuhe zu schieben. Aber das funktioniert schon deshalb nicht, weil da noch gar kein Frühling war. Ich erinnere mich genau, dass ich schrecklich kalte Füße hatte. Nachts, vor dem Fernseher. Als sich das Gefühl meiner bemächtigte. Obwohl die Vorstellung den Frühling zu beschuldigen, durchaus einen gewissen Reiz auf mich ausübt. Allerdings ist es unsinnig, jemandem etwas anzulasten, wenn dieser Jemand, und sei es auch nur eine Jahreszeit, das Alibi vorweisen kann, dass er zur Tatzeit gar nicht anwesend war.

Da der Frühling als Grund für mein Gefühl also ausscheidet, habe ich versucht, die Farben zur Verantwortung zu ziehen. Weil Farben schon von jeher eine besondere Anziehungskraft auf mich ausüben und je nach Jahreszeit ein ganz bestimmtes Gefühl in mir hervorrufen. Dies ist besonders intensiv bei der Farbe Blau.

Das Blau des Meeres zum Beispiel verwirrt mich immer. Zu jeder Jahreszeit. Ich glaubte ursprünglich, dass diese Verwirrung damit zusammenhängt, weil es sich weit hinten am Horizont mit dem Blau des Himmels mischt, sodass ich nicht mehr sagen kann, wo das eine Blau anfängt und das andere aufhört. Aber dann machte ich eine Entdeckung, die dem zuwiderlief. Und inzwischen habe ich eine andere Theorie. Die jedoch so haarsträubend ist, dass ich sie hier lieber nicht zu Papier bringen möchte.

Was ich jedoch ausführen kann, ist, dass dieses Gefühl, welches ich seit jener Nacht mit mir herumtrage, seit geraumer Zeit vor meinem inneren Auge die Farbe Rosa annimmt. Und das geht gar nicht. Weil auch die Farbe Rosa mich verwirrt und ich sie, um dieser Verwirrung zu entgehen, immer mit Grau vermischen möchte. Immer Grau. Niemals eine andere Farbe. Ich weiß nicht genau, warum das so ist. Aber ich hörte hierzu unlängst eine nicht ganz unplausible Erklärung, warum es Menschen gibt, die wie ich, diese beiden Farben unweigerlich im Geiste miteinander vermischen:

Rosa ist das Grau der Optimisten.

Oh ja, ich sehe förmlich die nach oben verdrehten Augen ob dieser Behauptung und ich höre die fassungslosen Ausrufe, dass diese Feststellung doch nun wirklich der unsinnigste Widerspruch aller Zeiten ist. Ich gebe zu, dass es auch bei mir eine Weile gedauert hat, bis ich etwas anderes als einen kompletten Unsinn in dieser Gegensätzlichkeit erkennen konnte. Nämlich einen vollkommenen Widerspruch.

Und dies in des Wortes tatsächlicher Bedeutung. Einen Widerspruch, der vollkommen ist. Mehr noch. Einen Widerspruch, der in seiner Vollkommenheit seinesgleichen sucht. Bleibt er doch gleichermaßen geheimnisvoll für Kluge, wie für Toren.

Nun, ich bemerke es selbst. Ich bin ein wenig abgeschweift und die vorgenannten Ausführungen sind nicht im Mindesten zielführend und dienen einzig und allein dem Zweck, mich durch allerlei Wortspielereien und der eher fadenscheinigen Suche nach einem Verantwortlichen davor zu drücken, meinem Gefühl schlussendlich einen Namen und vielleicht auch ein Gesicht zu geben.

So sei es also drum. Ich bin bezaubert. Verzückt und hingerissen. Und dies in einer Weise, die mir ein wenig unheimlich ist. Und um das mit dem Gesicht auch gleich noch zu erledigen: Es trägt den Namen, Charles. Ja, nun gut. Derer gibt es allzu viele. Sein voller Name also lautet „Charles Trenet".

Ach so! Ja, dann ... höre ich da ein beifälliges Raunen ob dieser Enthüllung? Das zwar leise, aber doch nicht so leise ist, dass ich es überhören könnte. Oder täusche ich mich? Und es ist still. So still, dass ich mein eigenes Blut strömen höre? Das summt und pulsiert. Das vom beschwingten Dahinfließen meiner Verzückung inspiriert, wie Gesang in meinen Ohren tönt?

Oder täusche ich mich erneut? Und es ist gar nicht mein Blut. Sondern es ist diese kleine Melodie „La Mer" die in mir strömt. Eine Melodie, die so leichtfüßig und unnachahmlich gesungen daherkommt, dass sie mir freundlich lächelnd kleine Tropfen salzigen Wassers in die Augen treibt.

Oder ist auch das nicht richtig? Und es ist der Mensch Trenet, der mich beseelt. Der singt. Der spricht und lacht. Erzählt und schweigt. Der jung ist. Der alt wird. Der liebt. Der noch einmal lebt für mich in dieser Nacht. Während ich mit eiskalten Füßen dasitze. Zuhöre. Hinschaue. Und nicht weiß, wie ich diesem melancholischen Zauber jemals wieder entrinnen soll.

Aber will ich das überhaupt? Entrinnen?

Aber nein. Ich will nichts weniger als das. Ich will verzückt, betört und hingerissen sein. Bis dass der Tod uns scheidet.

Die Autorin muss unbedingt den Hinweis anfügen, dass auch hier Gänsehaut, wie in der folgenden Geschichte, unumgänglich ist und es sich bei dem Lied um die „La Mer" Version von 1968 handelt.

Spurensuche

Unweigerlich bildet sich Gänsehaut. Eiskalte Gänsehaut. Sie entwickelt sich zuerst an den Armen. Pelzig kriecht sie den Nacken hinauf. Überzieht die Kopfhaut. Und breitet sich von dort über den Rücken und die Lendenregion ganz gemächlich bis hinunter zu den Fußknöcheln aus. Als sie dort ankommt, bin ich bereits seit geraumer Zeit steif. Schockgefroren. Und das, bis in den letzten Winkel meines Innenlebens. Das heißt, nicht ganz bis in den letzten Winkel. Mein Herz ist verschont geblieben. Es schlägt. Nein, eigentlich trommelt es. Und zwar ganz deutlich an einer nicht näher bestimmbaren Stelle im Hals. Aber im Hals eben. Und nicht da, wo es normalerweise schlägt. Unter dem linken Rippenbogen nämlich.

Auch meine Atmung funktioniert offenbar noch. Ich erkenne das an den stoßweise hervorquellenden Wölkchen, die, kaum dass sie meinen Mund verlassen haben, an der kalten Luft kondensieren und mir den Blick vernebeln. Wie Rauchzeichen steigen sie empor.

Würde ich einen klaren Gedanken fassen können, würde ich sagen, meine Atemwolken sind eine Mitteilung für die, die daheimgeblieben sind. Darüber, dass sich hier auf dem Waldweg, keine fünfhundert Schritte von ihnen und dem wärmenden Ofen, dem sie nicht den Rücken kehren mochten, etwas im aufgeweichten Boden abzeichnet. Etwas ganz Außerordentliches. Elektrisierendes. Aber ich kann gerade keinen klaren Gedanken fassen. Und so starre ich mit einer Mischung aus Ungläubigkeit und Furcht, ich könnte einem Trugbild aufsitzen, weiter auf diesen fast handtellergroßen Abdruck direkt vor meinen Füßen.

Aber man kann bei Temperaturen um den Gefrierpunkt nicht lange regungslos verharren und versuchen, das, was sich da dem wachsamen Auge offenbart, mit früheren Internetrecherchen abzugleichen. Irgendwann fängt die Nase an zu laufen. Jedenfalls bei mir. In diesem Fall eine glückliche Fügung. Denn beim Durchsuchen meiner Jackentaschen stoße ich nicht nur auf Taschentücher, sondern auch auf dieses schmale, kleine Ding, mit dem ich nicht nur telefonieren, sondern auch Fotos machen kann. Und kaum habe ich das Objekt, das mich in diesen emotionalen Ausnahmezustand versetzt hat, abgelichtet, stellt sich die unumstößliche Gewissheit ganz von selbst ein. Das hier war ein Wolf. Ein Zweifel ist ausgeschlossen.

Nun könnte man meinen, damit sei dem Titel dieses Beitrages „Spurensuche" Genüge getan und ich könne das, was ich jetzt schwarz auf weiß besitze, getrost nach Hause tragen. Zumal die Anerkennung ob meiner ruhmesreichen Entdeckung, mir so gut wie sicher wäre. Immerhin ist der canis lupos lupos quasi an unserer Haustür vorbeigestrichen.

Aber ich kann jetzt nicht nach Hause gehen. Es ist, als rufe mich etwas noch tiefer in den Wald hinein. Etwas von dem ich, jetzt da ich es spüre, glaube, dass es schon immer da gewesen ist. Etwas Archaisches. Aber noch etwas anderes spüre ich. Eine tiefe Sehnsucht. Dummerweise fällt mir in diesem Moment das Märchen vom Rotkäppchen ein.

Als ich mich wieder in Bewegung setze, ist es ein wenig dunkler geworden. Der Himmel zeigt eindrucksvoll, dass es Schnee geben wird.

Ich bin mir angesichts der Wolke, die da am Himmel hängt, nicht mehr ganz so sicher, dass es klug ist, allein umherzustreifen. Zumal meinem Versuch, mich als versierte Fährtenleserin zu erweisen, zügig und eindeutig eine Grenze gesetzt wird. Denn nachdem ich noch zwei weitere, nur vage erkennbare Pfotenabdrücke in derselben Richtung ausmachen konnte, verliert sich die Spur.

Ich gehe jetzt langsam. Richte meine Augen nur noch auf den Weg vor mir.

Der Schnee der letzten Tage ist überall weggetaut und die Nässe hat einen feuchten, federnden Boden hinterlassen. Beständig muss ich mit Schlamm gefüllten Pfützen ausweichen. Die heftigen Stürme der vergangenen Woche haben dicke Äste und abgerissene Fichten- und Kiefernzweige auf den Weg geschleudert.

An zwei Stellen liegen umgestürzte Bäume quer über dem Weg. An der Wegbiegung, dort wo im Wald die verfallene Hütte steht, ist schon vor Ewigkeiten eine großflächige Kuhle entstanden. Immer steht Wasser darin. Selbst bei starker Trockenheit ist es dort schlammig. Jetzt ist sie so voll, dass ich sie weiträumig umgehen und ein Stück in den Wald ausweichen muss. Es ist ein mühevolles Vorankommen. Ein ständiges Ausweichen. Und plötzlich weiß ich, warum ich die Spur verloren habe. Schon lange vor mir hat der Wolf den Weg verlassen. Ich drehe mich. Suche den Rand des Weges nach Spuren ab. Gehe ein gutes Stück auf dem Pfad zurück. Ich muss mich beeilen, denn inzwischen hat es angefangen zu schneien. Und dann finde ich sie. Genau dort, wo die Erle umgebrochen daliegt und ich kurz abschwenken musste, ist er hineingelaufen in den Wald. In den tiefen, dunklen Wald.

Als ich nach Hause komme, ist es schon finster. Es schneit immer noch. Im Lichtkegel eines herannahenden Autos leuchtet die Mühle kurz auf. Dann ist es wieder dunkel.

„Spät kommst du", sagt Anton. Ich nicke. „Ja", sage ich. „Es ist spät geworden."

Ich hänge meine Jacke über die Stuhllehne. Morgen wird Schnee liegen. Ich weiß, dass ich ihn dann finden werde. Ich weiß es genau.

Die Autorin räumt an dieser Stelle ein, dass sie bis jetzt erfolglos gesucht hat und darauf hofft, dass der Wolf wenigstens einmal nächtens den Mond anheult.

Mörderische Idylle

Für Liese

Ich lebe auf dem Land. Mittendrinn in einer mörderischen Idylle. Damit hier gleich von vornherein Missverständnisse gar nicht erst aufkommen. Ich morde nicht. Höchstens ein bisschen literarisch. Allerdings unblutig. Aber wie es scheint, bin ich die Einzige, die das hier tut. Unblutig morden.

Nicht wie meine Katzen. Sie scheren sich weder um meine empfindsame Seele, was das Blut angeht. Noch nehmen sie auf irgendwelche anderweitigen Befindlichkeiten Rücksicht. Naturschutz ist ihnen ein Fremdwort und so ein feines Gefühl wie Mitleid ist genetisch bei ihnen auch nicht angelegt. Ich liebe meine zwei Katzen. Das steht außer Frage und nicht zur Disposition. Ich will auch nicht sagen, dass Mäuse zu den Tieren gehören, die mir ein Lächeln aufs Gesicht zaubern. Und es trifft ebenfalls nicht zu, dass ich ein entspanntes Verhältnis zu diesen Nagern habe. Aber es gibt Momente, da wende ich mich von meinen Katzen ab. Voller Grausen. Und es kommt auf, was ich bei meinen Katzen vermisse: Mitgefühl.

Da sind nämlich die Haselmäuse. Braun sind sie. Schokoladenbraun, um das gleich mal zu präzisieren. Und winzig sind sie. Und in ihrer Winzigkeit klettern sie an langen Grashalmen bis zur Ähre empor. Dort sammeln sie dann Samen, trinken Nektar, sonnen sich vielleicht auch ein wenig und dann, wenn alles seine Ordnung hat und sie satt sind, lassen sie sich ohne viel Federlesens einfach fallen. Plumps. Sicher landen sie in weichem Gras. Aber das war's dann auch. Aus die Maus.

Ja, auch Spitzmäuse, Springmäuse und die gemeine Hausmaus gehören auf den Speiseplan meiner Katzen. Doch ich gestehe, dass mein Herz, abgestuft in der Reihenfolge, in der sie obenstehend genannt wurden, immer weniger mitfühlsam schlägt. Aber immerhin schlägt es mitfühlsam.

Gänzlich schweigen tut es, wenn ich an die Wühlmaus denke. Diese schwarz wie die Nacht gefärbten Nager. Groß. Blumenknollen und -wurzelverzehrend. Unerbittlich. Unersättlich. Sie haben meinem Garten und meiner Seele irreparable Schäden zugefügt. Schäden die auf meinem Verhältnis zu ihnen lasten. Tief und schwer. Ich will eine kleine Aufzählung wagen.

Die blassrosa Kletterrose am Werkzeugschuppen. Dahin. Die schwarzen und weißen Tulpen. Auf nimmer Wiedersehen verschwunden. Die tiefblauen Iris Sibirika. Geschrumpft. Die Liste des Unwiederbringlichen ließe sich beliebig verlängern.

Ich will hier keine Überlegungen anstellen, die auf meine ethischen Werte abzielen. Aber immer dann, wenn einem dieser Nager der Garaus gemacht wurde, streiche ich meinen Katzen belobigend über das samtweiche Fell und lasse meinen Blick schweifen. Über Margeriten und Fingerhut. Astern und Mädchenauge. Blausternchen und Ranunkeln ... über meinen Blumengarten.

Meine Katzen bedanken sich artig für den anregenden Text. Grübeln aber immer noch über das Wort Mitgefühl.

Eine Geschichte erlebt im Irgendwo

Ich habe den Ort der Handlung, dieses Stück Erde nur gestreift. Nur einen einzigen Tag und eine einzige Nacht dort verbracht. Und doch begleitet mich die Erinnerung daran. Immer noch. Die Dialoge meiner Geschichte sind authentisch. Das ist verbürgt. Denn sie sind die Projektionsflächen meiner Erzählung. Der Nährboden, um den sich Dichtung und Wahrheit rankt. Kaum Dichtung. Denn jetzt, nachdem ich meine Geschichte geformt und aufgeschrieben habe, weiß ich es. Im Rückblick bin ich ihr nahe gekommen. Ihr ... der Wahrheit. Sehr nahe.

Da standen wir nun, mitten im Irgendwo. Anton und ich. Die Arme auf den Lenkern unserer Fahrräder abgestützt, blickten wir auf ein Hotel auf der anderen Straßenseite. Ein altes, historisches Gebäude. Grauenvoll zugerichtet. Es hatte bessere Tage gesehen. Erfülltere. Ich spürte das. Aber wir hatten die sechzig Kilometer vom vierten Tag unserer Fahrrad-Tour in den Beinen. Ein kurzer Seitenblick. Ein leichtes Zucken der Schultern. Ein Nicken und Anton überquerte die Straße. Es ist fast immer Anton, der in solchen Situationen geht. Der das Eis aus dem Eisladen holt. Der in der Apotheke nach dem Weg fragt. Ich tue das auch. Aber lieber warte ich im Hintergrund. Anonym. Beobachtend. Ich mag das. Und ich kann das lange machen. Beobachten. Den Jungen auf dem Fahrrad zum Beispiel, der an der Ampel den Blick senkt, weil ein Mädchen seines Alters neben ihm ebenfalls auf Grün wartet. Oder die Frau mit dem Hund an der Leine. Einem jungen, rührend entdeckungsfreudigen Wesen, dem die Hundeleine viel zu kurz ist. Auch jetzt beobachtete ich. Sah den Hauch einer Bewegung an einer der Gardinen. Drüben. Im Hotel. Und plötzlich war es anders als sonst. Ich wurde beobachtet.

„Das größte Zimmer haben wir bekommen." Anton überquerte die Straße. Beiseite gewischt die Müdigkeit in seinem Gesicht. Verflogen die Sorge, irgendwo auf dem Heuboden übernachten zu müssen. Anton nahm mein Fahrrad und schob es auf die andere Seite.

„Hast du das Zimmer gesehen?" „Nein", sagte Anton. „Hab ich nicht. Aber sie hatte es bereits für uns reserviert."

Sie? Reserviert? Ich blieb mitten auf der Straße stehen. Schnurgerade durchschnitt sie den trostlosen Ort. Unverbaute Leere. Niemand konnte sich hier ungesehen nähern. Auch wir nicht. Ich legte Anton die Hand auf die Schulter. „Wieso das Größte?"

Anton antwortete nicht mehr, denn er hatte mich bereits hineingeschoben ins Innere der Gaststube. Und da saß sie. Starrte mit gebeugtem Nacken auf eine kleine Anzahl loser Zettel, die vor ihr lagen. Eine Kanne Tee in Reichweite, neben sich ein Telefon. Ihrem schwarz gefärbten Haar war die mühevolle Pflege anzusehen. Den perfekt gezogen schwarzen Bögen über den brauenlosen Augen, die jahrelange Übung. Sie wirkte schmächtig hinter dem riesigen Wirtshaustisch am Fenster. Eine alte Frau, die nun aufsah.

„Das größte Zimmer", sagte sie. „Weil es das Schönste ist. Sie möchten doch das schönste Zimmer?"

Sie sah zu Anton hinüber, der prompt und ausgiebig nickte. Doch irgendetwas in ihrer Zustimmung erwartenden Kopfhaltung war an mich gerichtet. Ich wollte es eigentlich nicht tun, aber auch ich nickte. Wenn auch nicht so ausgiebig. Fast zeitgleich erschien ein junger Mann hinter dem Tresen. „Mein Chefkoch." Sie wies mit dem Zeigefinger auf ihn und deutete dann auf ihren Gehstock. „Er wird Ihnen das Zimmer zeigen. Oben. Im zweiten Stock."

Ein kurzes Anheben der perfekt gezogenen Bögen und sie wandte sich wieder den Papieren zu. Aber auch ich bin ein menschliches Wesen. Bewandert in taktischen Manövern. Ich bemerkte es also. In Wahrheit blickte sie unter den halb gesenkten Lidern zu ihrem Chefkoch hinüber. Er bemerkte es auch. Und seine Wangenmuskeln fingen an, zu vibrieren.

Die Treppe in den ersten Stock hinauf war schmal. Zu schmal für unhandliche, fünfzehn Kilo Packtaschengewicht und den Treppenlift. Ihren Treppenlift. Aber, wir waren bis hierhergekommen. Wir würden auch das schaffen. Ähnlich mochte der Chefkoch gedacht haben. Er hatte sich bereits am Treppenaufgang mit einem Hinweis auf Töpfe und den Herd verabschiedet.

Die Treppe in den zweiten Stock hinauf war ohne Lift. Doch so schmal, dass es eigentlich keinen Unterschied machte. Anton schob mich aufmunternd weiter. Durch spärlich beleuchtetes Halbdunkel, traumwandlerisch sicher unserem Zimmer entgegen. Und da standen wir dann. Anton und ich. Mitten in einem Raum angefüllt mit stickiger Stille und abgewetzten Möbeln. Alt und zerschlissen. Ich kann mich nicht mehr erinnern, ob ich fassungslos war. Aber meine Packtasche knallte zu Boden. Ich weiß auch nicht, wer von uns sich zuerst auf das Bett fallen ließ und anfing zu lachen. Aber ich weiß, dass ich an ihren Blick unter den halb gesenkten Lidern dachte. Und mir beim Lachen nicht so wirklich zum Lachen war.

„Köstlich", sagte Anton. Ich stimmte zu. Vorbehaltlos. Das Essen war köstlich gewesen. Das Dessert beinahe göttlich und der Kaffee heiß. Milchig. Und süß. Ich fühlte mich wohlig matt. Ein wenig zu satt vielleicht. Aber zufrieden. Genusssüchtig kratzte ich den letzten Milchschaum aus der Tasse. Ein kleiner Auftritt vorn in der Gaststube ließ mich innehalten.

„Nein. Das stimmt nicht. Das ist nicht korrekt abgerechnet." Sie saß an ihrem Tisch. Vor ihr stand eine junge Frau, die jetzt heftig gestikulierte. „Fängt das schon wieder an." Sie raffte die Handvoll loser Zettel zusammen und warf sie nacheinander wieder auf den Tisch zurück. „Hier. Ich habe es Ihnen heute schon einmal gesagt. Es sind nur diese drei gewesen."

Wut? Verletztheit? Ich war mir nicht sicher, was in dieser Stimme mitschwang. Aber ich hatte keine Gelegenheit, weitere Rückschlüsse zu ziehen. Es gab keinen zweiten Akt. Es endete, wie es angefangen hatte. Unvermittelt. Die junge Frau verschwand. Und sie saß da. An ihrem Tisch. Die Kanne Tee in Reichweite. Neben sich das Telefon. Und tat, als wäre nichts gewesen.

„Das gibt doch keinen Sinn." Anton klimperte mit den Augendeckeln. Wir lagen im Bett. Matt vom Essen. Matt von der stickigen Schwüle im Zimmer. Ich setzte mich trotzdem auf. „Es gibt einen Sinn. Menschen handeln nur scheinbar sinnlos. Alles folgt einer inneren Logik. Man muss sie nur erkennen." Ich war bei meinem Lieblingsthema angekommen.

Jetzt setzte auch Anton sich auf. „Wir sind zufällig hier. Niemand wusste, dass wir kommen würden."

Ich sank zurück auf das Kopfkissen. Das stimmte. Niemand wusste, dass wir kommen würden. Auch sie nicht. Und doch schien alles seltsam. Inszeniert.

Nachts wachte ich auf, weil es so entsetzlich stickig war. Und plötzlich wusste ich es. In der Stimme der jungen Frau war Hass und Verachtung gewesen. Und sie an ihrem Tisch hatte es heraufbeschworen. Für mich. Ich sollte es hören. Und dann war er da. Der Dominoeffekt. Wäre ich nicht so erschrocken gewesen, hätte ich gelacht, denn ich sah die schwarzen Steine bildhaft vor mir liegen.

Das Frühstück offenbarte es. Lediglich ein Tisch war vorbereitet. Wir waren letzte Nacht die einzigen Gäste gewesen. Ich ließ den heißen Tee meinen Magen beruhigen und meine Seele wärmen. Anton war intensiv mit Frühstücken beschäftigt. Aber trotzdem bereit, mir zuzuhören. „Ach, jetzt übertreibst Du. Der Koch. Die junge Frau. Lediglich Zufälle. Sie fürchtet weder um ihr Leben. Noch trachtet irgendjemand hier danach."

Ich rückte ein wenig näher an Anton heran. „Das schönste Zimmer? Unter dem Dach? Nein, wir haben es bekommen, weil es über ihrem Zimmer liegt. Sie wollte sicher sein, heut Nacht."

Anton schnitt sorgfältig den Rand vom Käse. „Hör zu. Hier ist nichts. Schau dich doch um." Er knüllte die Serviette zusammen. „Diese Frau ist ..." Er lachte leise. Auf diese besondere, genetisch bedingte, männliche Weise.

Der Treppenlift war oben am Treppenabsatz geparkt. Ich würde jetzt ein letztes Mal hinaufgehen. Die Packtasche nach unten wuchten, während Anton hier unten die Rechnung bezahlte. Wir würden unsere Fahrräder aus der Garage holen und uns auf und davon machen.

Ich lief hinauf. Schlüpfte leichtfüßig am Lift vorbei und bog um die Ecke. Jetzt sah mich niemand mehr. Ein wuchtiger Eichenpfeiler verdeckte mich. Ich lief weiter. Rechts um eine Ecke. Die Stiege zum Dachgeschoss hinauf. Die Zimmertür stand offen. Ein Griff. Ein hektischer Rempler mit der Packtasche gegen den Türpfosten. Und schon war ich auf dem Weg zurück. Die schmale Treppe hinunter. Links um die Ecke. Der wuchtige Pfeiler kam in Sicht. Dann blieb ich stehen.

„Nein. Er wird nichts mehr für Sie erledigen. Diese beiden Sachen hat er noch gemacht. Aber jetzt ist Schluss. Schluss ist. Schluss."

Meine Packtasche knallte zu Boden. Ein ungelenker Satz und ich stieß mit dem Fuß einen Putzeimer um. Sie stand noch da. Mit dem Rücken zur Treppe. Haltsuchend hingeneigt zu ihrem Lift. Ganz nah, zu nah vor ihr die junge Frau aus der Gaststube. Mit einem erschreckend bleichen Gesicht.

Die Augen unter den perfekt gezogenen schwarzen Bögen lächelten mich an. „Manchmal", sagte sie und ergriff meine helfend dargebotene Hand. „Manchmal sehe ich mich dort unten liegen. Mit gebrochenem Genick. Das Gesicht zur Wand."

Seit zwei Wochen sind wir von der Fahrradtour zurück. Heute Morgen habe ich angerufen. Sie hat abgenommen. Ich habe nichts gesagt. Nur ihrem Atem gelauscht. Eine ganze Weile habe ich gelauscht. Freundlich und beruhigend. Als ihr Atem ruhig und gleichmäßig ging, hat sie aufgelegt. Leise und behutsam.

Ich werde sie wieder anrufen. Von Zeit zu Zeit. Dort an ihrem Tisch. Mit einer Kanne Tee in Reichweite. Neben sich das Telefon. Mit einem Blick hinaus ins Unverbaute. Leere.

Die Autorin überlässt es den Leserinnen und Lesern, diese Geschichte glaubwürdig zu finden oder doch lieber ins Reich der Phantasie zu verlegen.

Tatort Rutenmühle

Schweigen. Stille. Nur ein kleiner, kaum wahrnehmbarer Seufzer.

Monsieur Poirot hob den Kopf. Vielsagend blickte er in die Runde. Er lächelte. Niemand der Anwesenden erwiderte dieses Lächeln. Sie sahen zu Boden. Auf die eigenen, unruhig ineinander verschränkten Hände. Die Füße des Nachbarn. Auf das Auf- und Abwippen der Schuhspitzen. Zu Hercule Poirot sah niemand hinüber.

Nur ich. Ich sah ihm direkt ins Gesicht. Hinein in seine tiefgründigen, grünen Augen. Und was ich da erkannte, ließ mich nichts Gutes ahnen. Etwas wie Panik stieg in mir hoch. Zu früh, dachte ich. Es ist zu früh. Er kann den Fall noch nicht enträtselt haben. Da ist noch das an den Baumstamm gelehnte Gewehr. Ich trommelte mit den Fingern auf meinen Knien herum und fing an zu schwitzen. Ich musste eine Auflösung des Falls zum jetzigen Zeitpunkt um jeden Preis verhindern. Ich straffte den Rücken. Rückte mich auf meinem Stuhl zurecht und scharrte frech und für jeden unüberhörbar mit den Absätzen meiner Stiefel über den Dielenfußboden. Mitten hinein in die atemlose Stille.

Fast augenblicklich erhob sich der kleine Mann aus seinem mit rotem Leder bezogenen Sessel. Sorgsam verschränkte Poirot seine Arme auf dem Rücken. Für einen winzigen Moment verharrte er so. Dann begann er auf und abzuwandern.

„Mesdames et Messieurs. Wie in vielen meiner vorangegangen, brillant gelösten Fälle", er blieb stehen, neigte sich ein wenig vor und klopfte zart mit den Fingerspitzen der rechten Hand gegen seine Schläfe, „waren es auch dieses Mal meine kleinen, grauen Zellen, die mir bei der Entschlüsselung des Falls behilflich waren."

Poirot ging zur Anrichte hinüber. Er hüstelte. Dann riss er mit einer kurzen, präzise ausgeführten Bewegung das Gewehr von der Anrichte. „Doch dieses Mal erhielt ich zusätzlich einen hilfreichen Hinweis. Einen Hinweis, der mich an meinem ursprünglich für plausibel erachteten Tathergang zweifeln ließ."

Er hob das Gewehr in Brusthöhe und zielte mit dem Lauf geradewegs in meine Richtung. „Wieso, meine verehrten Anwesenden frage ich Sie nun. Wieso befand sich dieses unzweifelhaft zum Schießen verwendete Jagdgewehr nach dem tödlichen Schuss nicht neben der Leiche? Sondern befand sich, angelehnt an einen Baum, bitte verzeihen Sie mir die nachfolgende, süffisante Anmerkung, noch nicht einmal in akzeptabler, tatabhängiger Reichweite neben dem Selbstmörder ...?"

Poirot sah erwartungsvoll in die Runde. Mehr tat er allerdings vorerst nicht. Weil ich eine Pause einlegte. Die Arme über den Kopf hob und die Finger ineinander verschränkte, dass die Knochen knackten. Gerade noch rechtzeitig vor dem Kaffee dem Ganzen die entscheidende Wendung gegeben, dachte ich. So weit, so gut. Für den Moment war ich zufrieden.

Ich wandte mich um. Anton schaute mir über die Schulter. Ich mag das nicht, wenn Anton mir beim Schreiben über die Schulter schaut. Ich mag das auch nicht, wenn andere das tun. Aber jetzt war es zu spät, zu reagieren. Anton hatte nämlich schon gelesen.

„Lass doch diesen Hercule Poirot aus dem Spiel. Der hat mit der Rutenmühler Chronik nichts zu schaffen. Schon gar nichts mit dem toten Müller. Diese Verknüpfung kauft dir niemand ab. Außerdem hat dieser Detektiv Personenschutz."

Wenn, dann hatte er Urheberrechtsschutz. Aber das sagte ich nicht. Stattdessen klappte ich den Laptop zu. „Nicht wahr, Anton", sagte ich stattdessen. „Jeder sucht nach der alten Wahrheit halt auf seine Weise. Du hast gefühlt schon Jahre damit verbracht, einen Hinweis in der Chronik aufzuspüren. Ohne Erfolg bis jetzt. Es scheint nichts zu geben. Keine Erbstreitigkeiten. Keine Spielschulden. Keine unehelichen Kinder ..."

Ich schwieg und Anton sah geistesabwesend zum Fenster hinaus. „Was", fragte er plötzlich. „Was wäre, wenn die Chronik nicht vollständig ist? Wenn es nicht nur drei sondern vier dieser Bände gäbe."

Das war absurd. Wir leben am Hahnenbach. In einem alten Haus mit blauen Fenstern und knarrenden Dielen. Wir teilen unseren Lebensraum mit einer Handvoll Einwohner und Erholung suchenden Feriengästen. Einmal am Tag kommt der Postbote vorbei und zwei Mal im Jahr der Schornsteinfeger. Der sich durch enge Dachluken zwängt und auf den Dächern herumturnt, dass mir jedes Mal fast das Herz stehen bleibt. Schwer vorstellbar, dass einer von denen den vierten Band der Chronik unter seinem Kopfkissen versteckt halten sollte.

„Anton, das ist absurd. Es gibt keinen vierten Band. Und nicht weil er bei irgendwem unter dem Kopfkissen liegt, und dieser Irgendwer morgens mit Kopfschmerzen aufwacht, weil er drauf gelegen hat und sein Nacken steif ist. Sondern ... es hat zu keinem Zeitpunkt einen vierten Band gegeben.“

In Antons grauen Augen glitzerte es abenteuerlich. „Nein, vielleicht wacht dieser Irgendwer mit Kopfschmerzen auf, weil etwas niedergeschrieben ist, was sein Gewissen drückt.“

„Eine vergessene Rechnung?“ Ich lachte. Die Idee vom vierten Chronik Band fing an, mich zu amüsieren.

Anton lachte dunkel auf: „Eine vergessene Rechnung. Ja, so könnte man es auch bezeichnen.“

Er sah mich an, als hätte ich etwas damit zu tun und mir wurde unbehaglich. Ich kann offene Rechnungen nicht ausstehen.

„Ach, das ist doch Unsinn. Das alles ist fast ein Menschenleben lang her, Anton. Das ist verjährt.“

Ich schüttelte abwehrend den Kopf und achtete auf die Schläge der Standuhr die dumpf und hölzern in der Diele die Zeit zählte. Ein, zwei, drei, vier, fünf. Ich fügte in Gedanken ein weiteres Dumm Damm hinzu, weil sie seit Jahren falsch geht und wir es irgendwann aufgegeben haben, sie zu reparieren.

„Es ist sechs", sagte ich.

Anton nickte. „Sag mir ein Wort mit sechs Buchstaben."

Ich sah zum Hahnenbach hinüber. „Wasser."

„Gut. Weiter."

„Himmel. Was spielen wir, Anton? Du siehst etwas, was ich nicht sehe?"

„Vielleicht. Ja, vielleicht spielen du und ich dieses Spiel. Fällt dir noch mehr ein?"

Ich zog den Mund schief und die Schultern hoch: „Nein."

„Mörder", sagte Anton.

Ich nickte und sah zum Fenster hinaus. Am Gartenhaus tappte Liese auf nassen Katzenpfoten durch den Regen. Zwei Graureiher flogen krächzend über den Weidengrund.

„Seelen", sagte ich und legte meine Hand auf Antons Schulter „Sechs Buchstaben. Lassen wir sie ruhen, Anton."

Anton schüttelte den Kopf und erhob sich aus dem roten Ledersessel. „Ich finde den Schlüssel, der die Grabkammer des Müllers öffnet. Und dann, dann wird irgendjemand ..."

Ich hörte nicht mehr, was diesem Jemand widerfahren würde. Monsieur Poirot hatte wieder im Sessel Platz genommen.

Aber ich ließ ihn nicht mehr zu Wort kommen. Nicht mehr heute.

Die Autorin ist noch immer der Meinung, dass die Seelen ruhen sollten. Allerdings findet sie den Gedanken, Hercule Poirot könnte mit ihrer Hilfe Licht ins Dunkel um die verschollene Chronik und den Tod des Müllers bringen, äußerst reizvoll.

Des Rätsels Lösung

Für meinen Vater
In Memoriam

Ich sehe meinen Vater am Wohnzimmertisch sitzen. Der Tisch ist rund. Höhenverstellbar. Nussbaumfarben. Ihn ziert eine gelbe, grob gewebte Tischdecke. Das Gelb der Decke kann sich nicht entscheiden, was es sein möchte. Safran? Kürbis? Senf? Es ist ein Sechzigerjahre-Gelb. Aber es ist nicht so wichtig, welcher Farbton Pate gestanden hat. Der größte Teil der Decke ist ohnehin nicht sichtbar, sondern wird vom Hamburger Abendblatt verdeckt, über das sich mein Vater seit geraumer Zeit beugt. Die Schultern ein wenig vorgeneigt. Den Ellenbogen des rechten Armes auf dem Tisch und den Kopf in die geöffnete Hand hineingestützt. Nein, eigentlich ist es nur die Stirn, die da haltsuchend ihren Platz findet. Auf dem Tisch liegt ein Stift. Angespitzt. Und mein Vater sitzt da, in der ihm eigenen, in sich selbst versunkenen Körperhaltung. Und denkt. Doch genau betrachtet ist es mehr ein Grübeln. Ein Abwägen von Wahr oder Falsch. Ein tiefes Graben nach dem verborgenen Sinn. Dem Wortsinn. Mein Vater löst ein Bilderrätsel ...

Er war ausdauernd in seiner Suche. Ich leistete ihm Gesellschaft bei dieser allwöchentlich wiederkehren Sinnsuche. Obwohl ich mit meinen zehn Jahren lieber Bilderquartett oder Monopoly spielte. Trotzdem beugte auch ich mich über dieses rätselhafte Bildnis im Abendblatt und versuchte einige gewagte Wortkonstruktionen. Etwa eins wie „Apfelgranate". Oder ein anderes Mal „Traumquadrat". Und wieder ein anderes Mal war für mich „mondgeträumt" die passende Lösung. Mein Vater grummelte dann freundlich über meine eigenwilligen Einfälle und strich die Zeitung glatt. Wohl in der Hoffnung, mit dem Glätten würde sich auch die erhellende Eingebung einstellen. Aber sie kam meist nicht. Bis meine Mutter auftauchte.

Meine Mutter, eine zarte Frau, die ihr halbes Leben als Schlachtereiverkäuferin hinter dem Ladentisch gestanden, ein viertel Pfund Gemischtes und fünf Scheiben von dieser und von jener Wurst abgewogen, eingepackt und über die Ladentheke gereicht hatte. Meine Mutter, die schneller als jede Rechenmaschine die Summen auf dem rotbraunen Einwickelpapier fehlerfrei addiert und das pfenniggenaue Wechselgeld herausgegeben hatte. Diese zarte Person also gesellte sich nun zu uns. Zog ohne viel Federlesens das Abendblatt zu sich über den Tisch. Warf einen Blick, manchmal auch zwei oder drei darauf und präsentierte uns dann mit einem unschuldigen Lächeln das Lösungswort. Dann stand sie auf, warf noch einen Blick auf uns und verschwand in der Küche. Dort zog sie den Sonntagsbraten aus dem Ofen, goss die Kartoffeln und die eingemachten grünen Bohnen ab, während mein Vater die Zeitung faltete und ich den Tisch deckte.

So war es immer. In meiner Erinnerung. Mit einer gleichmütigen, ruhigen, verlässlichen Beständigkeit. Sonntag für Sonntag.

Aber einmal war alles anders. Das war, als in unserer Straße die kollektive Anarchie ausbrach. Und Schuld war die „Lange Anna"

Mein Vater hatte am Sonntagvormittag irgendeine Arbeit im Garten verrichtet und offenbar darüber die Zeit vergessen. So kam es, dass meine Mutter als Erste die Wochenendausgabe des Abendblattes aufschlug. Sie hatte nur eben schnell einen ersten Blick auf das Bilderrätsel werfen wollen. Vor einem zweiten und dritten, der nach dem Essen und vor dem Birnenkompott vielleicht noch nötig gewesen wäre, als es an der Haustür klopfte.

Unsere Nachbarin zur Linken stand im Türrahmen. In der Hand das Abendblatt, um die Taille eine Schürze, im Gesicht eine Mischung aus Ratlosigkeit und Verwirrung. Ob wir das auch schon gesehen hätten? Das Aktuelle. Meine Mutter nickte und schob Nachbarin samt Zeitung an den Tisch in der Küche. Minutenlang standen sie dort vornübergebeugt und starrten wortlos auf ein Bild, das für mich erst einmal nichts Spektakuläres zu enthalten schien. Ich kannte den roten, in den Himmel ragenden Sandstein von einer Klassenfahrt nach Helgoland. Was ich nicht kannte, waren die zwei Felsbrocken auf dem Bild, die von der „Langen Anna" herab und ins Meer hineinstürzten. Eine dunkel heraufziehende Zukunftsvision? Ein Weltuntergangszenario? Die beiden Frauen taten meine Befürchtungen eher geistesabwesend denn beruhigend als Unsinn ab und ich wurde beauftragt, meinen Vater zu holen.

Ich fand ihn nach einigem Suchen bei unserem Nachbarn zur Rechten. Mein Vater und er standen auf ihre Spaten gestützt mit einem Glas Whisky in der Hand neben dem Hühnerstall. Vor ihnen auf dem Boden lag aufgeschlagen die Rätselseite. Ja, das sei jetzt mal ein richtiger Hammer. Ob das denn überhaupt zu lösen sei. Beide waren sich einig, dass ein weiterer Whisky bei des Rätsels Lösung nur von Vorteil sein könne.

Ich kehrte ohne meinen Vater in die Küche zurück, wo meine Mutter nebst Nachbarin im Stehen ein Stück Braten aus der Hand aß und mich aufforderte es ihnen gleich zu tun.

Ich wunderte mich nicht darüber. Ich hatte auf der Straße angeregt diskutierende Grüppchen gesehen. Überall standen Gartentore und Haustüren einladend offen. Frauen mit Schürzen und Männer in Arbeitskleidung lachten mit Nachbarn im Sonntagsstaat.

Hier und dort wurden Gartenstühle auf die Straße gestellt. Kuchen und selbst gekelterter Kirschwein nachbarschaftlich geteilt.

Gegen Nachmittag sickerte ein erstes Lösungswort durch die Gärten. „Zwischenfall". Es fand nicht allzu viel Beachtung.

Erst am Abend, als die Stühle zusammengeklappt, der Wein getrunken, der Kuchen gegessen war, hatte jemand die entscheidende Eingebung.

Zwei Felsen fallen.

Das Lösungswort hieß Zwei-fels-fall.

Beutezüge

Im Herbst, und ich lege Wert auf die nachfolgende Feststellung: nur im Herbst, werde ich zur Diebin. In den verbleibenden Jahreszeiten erwecke ich den Anschein, ich könne kein Wässerchen trüben, sei frei von jeglicher krimineller Energie und dürfe daher durchaus als ein akzeptables Mitglied der Gesellschaft, in eben jener meinen Platz beanspruchen.

Bei näherer Betrachtung erschien mir dies vor dem Hintergrund meiner herbstlichen Beutezüge jedoch verwerflich, so dass ich irgendwann dazu überging, meine Neigung nicht mehr zu verheimlichen, sondern in aller Öffentlichkeit auszuleben. Sie als zu mir gehörig anzunehmen und mich damit nicht nur der Suche nach dem „Warum in eine Herbstdiebin bin", sondern auch gleich meiner Schuldgefühle zu entledigen. Seitdem bereiten mir meine herbstlichen Streifzüge inmitten honoriger Mitmenschen diebische Freude und dies in des Begriffes schönster Bedeutung.

Nun muss allerdings niemand meinetwegen um sein Hab und Gut fürchten und daher auch keine kostspieligen Maßnahmen ergreifen, dieses adäquat vor mir zu schützen. Weder steht mir der Sinn nach Tafelsilber, noch nach

Schmuck. Auch achtlos auf Kommoden abgelegtes Bargeld übt keinen Reiz auf mich aus. Selbst schwer durchschaubare Damen, die sich mit Vorliebe in Rollstühlen niederlassen, um ihre Mitmenschen zum Raub ihrer scheinbar zufällig präsentierten Handtaschen zu verführen, haben auch nicht die Winzigkeit einer Chance, mir das Handwerk zu legen.

Nein, denn nach all dem steht mir nicht der Sinn. Es sind die üppig mit dekorativem Buschwerk angelegten Gärten, die mein räuberisches Herz höher schlagen lassen. Die öffentlichen Parks und Grünanlagen mit ihren Wacholder- und Hortensienbüschen. Die hingebungsvoll von einer Gärtnerschar gepflegten Heidekrautanpflanzungen. Nichts ist vor meiner Beutelust sicher. Kein Kraut, keine Blüte, kein noch so stechender Zweig entgeht meiner Gartenschere. Denn selbst in den vielerorts vernachlässigten Parkplatzeinfriedungen lässt sich so manch floraler Schatz entdecken, der behutsam geschnitten, mit Bedacht ausgedünnt, mit Sorgfalt gestutzt und als farbenfrohe oder monochrome Ernte nach Haus getragen werden will. Wo die an den unterschiedlichsten Orten erbeuteten Kostbarkeiten gesichtet, sortiert und zu herrlichen Kränzen zusammengeführt werden.

Natürlich ist mir bewusst, dass die Art und Weise der Zutatenbeschaffung durchaus eine kritische Resonanz hervorrufen und mich hinter Schloss und Riegel oder gar um mein Leben bringen könnte.

Doch, schießen Sie etwa auf Pianisten? Warum dann, so frage ich Sie, auf Floristinnen?

C'rysta Winter betont hiermit ausdrücklich, dass sie Krimi-Autorin und keine Diebin ist und den Gärten ihrer Leserinnen und Leser natürlich niemals ein Besuch von ihr droht.

Der Kanal

Ein Tönning Krimi

Ich wollte nie berühmt sein. Doch dann fischten sie unter einem eisblauen Montagmorgenhimmel, zweieinhalb Wochen vor Weihnachten, den Bäckermeister Hans-Henning Petersen aus dem Kanal. Die erste halboffizielle Andeutung, dass ich etwas mit dieser Angelegenheit zu tun haben könnte, erhielt ich am Nachmittag desselben Tages aus Witzwort.

Es war halb drei. Ich war gerade damit beschäftigt, eine kleine Depression, die mich heute Morgen angesichts der Platzwunde an Petersens kahlem Hinterkopf befallen hatte dadurch zu verarbeiten, dass ich einige meiner bunt bemalten Klootstöcke dekorativ im Schaufenster drapierte, als das Telefon läutete. Ich hatte keine Lust zu telefonieren. Doch nach dem zehnten Klingelton war klar, dass der Mensch am anderen Ende der Leitung einer hartnäckigen Spezies angehörte. Ich kannte nur einen, auf den diese Nerv tötende Beharrlichkeit zutraf. Den Schreiberling des Husumer Tageblatts, Nils Jensen. Ich gab mich geschlagen.

„Hier ist Tönning, Fenna Hansen."

Ein zufriedenes Grunzen drang an mein Ohr. „Hör zu, Fenna", sagte Nils und seiner Stimme war die Vergnügtheit anzuhören. „Der Mord an Petersen ist eine feine Sache."

„Nun ja", sagte ich. „Das kommt auf die Betrachtungsweise an."

„Arme Fenna. Es bleibt nicht allzu viel Spielraum für die Betrachtungsweise, denn sie haben unter der Marktbrücke nicht nur den armen Petersen sondern auch einen deiner Klootstöcke aus dem Wasser geangelt." Nils lachte. „Arme Fenna, das kann eng für dich werden! Die Presse und wie ich mit Bestimmtheit weiß, auch die Kriminalpolizei, sind dir schon ziemlich dicht auf den Fersen."

Angewidert knallte ich den Hörer auf die Gabel. Ich und du. Müllers Kuh. Bäckers Mörder ...

Ich kam ins Stocken. Fassungslos starrte ich auf ein paar klebrig aussehende Flecken neben der Eingangstür, die gestern Abend meiner Aufmerksamkeit entgangen waren. Ich hatte jedoch keine Gelegenheit mehr, diesen unverzeihlichen Schnitzer auszubügeln, weil die örtlich ansässige Polizei mir auf den Pelz rückte. Sie schneite buchstäblich zur Tür herein. Mit Schneeflocken auf dem Mantelkragen und einer unpräzise formulierten Einleitung wegen irgendwelcher Schwierigkeiten im Fall Petersen. Die schon dadurch nicht besonders verständlich war, weil nebenan das Glockenspiel an der Vereinsbank das Ganze mit „Stille Nacht Heilige Nacht" überbimmelte. Ich ging zur Ladentür und drückte sie energisch ins Schloss.

Die Polizei streckte mir daraufhin entschuldigend eine eiskalte Hand entgegen. „Fenna Hansen?"

Ich nickte.

Der Mensch hielt mir mit klammen Fingern seinen Dienstausweis unter die Nase. „Timothy Kowalski, Kriminalpolizei Husum."

„Dann sind sie nicht aus Tönning?"

„Ich bin aus Hamburg", sagte er. „Eigentlich."

„Ach." Angriffslustig hob ich die Augenbrauen. „Etwa strafversetzt?"

Diese hellsichtige Bemerkung trieb ihm die Röte in die Wangen. Betreten rieb er sich die halb erfrorenen Hände. Nun war ich im Augenblick weit davon entfernt, so etwas wie Anteilnahme zu empfinden. Ich hatte selber Zuwendung nötig. Trotzdem kam mir die Frage, ob er Lust auf einen Pott heißen Tee hätte, doch recht artig über die Lippen.

Er nickte erleichtert. „Tee trinken wärmt und ... verbindet."

Obwohl ich ziemlich sicher war, dass ich keinen Wunsch verspürte, mit der Husumer Kriminalpolizei eine Verbindung einzugehen, schlug ich tapfer den Weg in meine Kochnische ein. Dort hantierte ich geräuschvoll mit den Teetassen. Könnte ja sein, dachte ich, er vermutet, dass es einen Hinterausgang gibt, durch den ich entwischen könnte.

Offenbar war ihm dieser Argwohn fremd, denn als ich das Tablett in den Laden jonglierte, fand ich ihn in einen Korb mit Wollsocken vertieft.

„Netter Laden", sagte er und ließ Kandis in seinen angebotenen Tee rieseln. „Gut durchdachtes Sortiment. Touristenfreundlich." Sein Blick blieb an den Klootstöcken hängen. „Verkauft sich so was?"

Ich nippte an der Teetasse. „Gelegentlich", sagte ich. „Ist mehr so eine Art Liebhaberei. Die echten sind bis zu vier Meter lang. Diese da bringen es gerade mal auf zwei."

Timothy Kowalski angelte sich einen grün-rot gestreiften Klootstock aus dem Terrakotta-Behälter. Beifällig betastete er die Auswuchtung am unteren Ende des Stocks. „Ziemlich handfest. Das ist der Klut, nicht wahr?"

Ich nickte und sah zu, wie er den Klootstock spielerisch hin und her pendeln ließ. „Dieses Ding hat Schlagstockqualität", sagte er anerkennend und stellte den Stock zurück.

„Ihr seid schon ein seltsames Völkchen. Statt Stege zu bauen, springt ihr mit diesen spaßigen Stöcken über die Entwässerungsgräben. Wie wäre es mit einem Werbeslogan? Besuchen sie Dithmarschen, das Land der Klootstöcke."

Ich spürte wie mir eine heiße Welle den Nacken hochflutete und knallte die Teetasse auf den Tresen.

„Hören Sie", presste ich um Fassung bemüht zwischen den Zähnen hervor. „Wir befinden uns nicht in Dithmarschen, sondern in Tönning. Nordfriesland. Wir sind auch nicht das Land der Klootstöcke. Wir sind das Land der Eiderfriesen und unser Traditionssport ist das Boßeln!"

Er richtete einen messerscharfen Beamtenblick auf mich. „Ah", sagte er. „Da bricht es durch ... das hitzige Temperament."

Eine zweite Woge brandete schaumgekrönt über mich hinweg. „Zieh'n sie ihre Angel wieder ein, mein Herr", fauchte ich. „Ich bin der falsche Fisch!"

Timothy Kowalski schluckte trocken. „Fenna Hansen, das muss man ihnen lassen. Wie sie die passende Antwort aus dem Hut zaubern, das ist außerordentlich ... schlagfertig!"

„Schlagfertig ..." Er schüttelte den Kopf und rührte ausgiebig den Kandis unter die Friesenteemischung. „Fenna Hansen, ihre nächtliche Konfrontation. Am Sonntagabend. Mit Petersen ... vor der Mühlenbäckerei. Dieser Streit ist ein paar Menschen nicht verborgen geblieben."

Zur Hölle mit Nils, dachte ich, während Timothy Kowalski sich endlich dem Teetrinken widmete und abwartend schwieg. Zwei Schlucke heißen Tee lang.

„Fenna Hansen. Bitte. Dieser Streit ... welchen Grund hat es denn dafür gegeben?"

Das klang so außerordentlich sanft. Und plötzlich, ohne dass ich die Schotten noch zuhalten konnte, öffnete sich meine Seele wie die Schleusentore am Eidersperrwerk. Ich sprach von Petersen. Davon, wie es angefangen hatte. Von unserem ersten Treffen auf seiner Segelyacht im Alten Hafen. Vom Brunnen auf dem Marktplatz, in den wir Münzen geworfen hatten, wie die Liebenden am Trevi Brunnen in Rom. Der nächtlichen Bootsfahrt auf dem Kanal Richtung Garding. Von seinem kahlen Schädel, mit dem ich ihn geneckt hatte. Und davon, dass unsere Treffen nicht verborgen geblieben waren. Seiner Frau, die ihm zusetzte. Unseren Streitereien, die immer heftiger, fast bedrohlich wurden und schließlich von den Ausflüchten die er erfand, um mich nicht mehr treffen zu müssen.

„Wissen sie wie das ist", fragte ich. „Wenn man eines Morgens am Küchentisch plötzlich feststellt, dass die Liebe abhanden gekommen ist? So wie anderen Leuten ein Stock oder Hut abhanden kommt. Nämlich ... unwiederbringlich."

Behutsam stellte er die leere Teetasse auf den Tresen. „Ja", sagte er. „Dann ist es vorbei." Zu meiner Bestürzung streckte er die Hand aus und hauchte eine Berührung auf meinen Arm.

Timothy Kowalsky schlug seinen Mantelkragen hoch und steckte die Hände in die Taschen.

„Fenna Hansen, das alles erklärt jedoch nicht den Streit der letzten Nacht. Und es bringt auch keine tieferen Erkenntnisse darüber, warum der Klootstock bei Petersen gefunden wurde."

Er nickte mir kaum merklich zu und wandte sich zum Gehen. Vor der Ladentür blieb er stehen und blickte mit vorgestrecktem Hals ins Dunkel hinaus. „Schnee", sagte er. „Alle Spuren, die da draußen Aufschluss geben könnten sind zugedeckt. Verloren, Fenna Hansen. Und zwar ... unwiederbringlich."

Er tippte leicht mit der Schuhspitze auf die Flecken am Boden. „Das da, sollten sie entfernen." Er lächelte mich an und unversehens wehte der Mann aus Husum zur Tür hinaus.

Ich weiß nicht mehr genau, wie lange ich mit diesem geistlosen Grinsen da stand, auf seine leere Tasse stierte und darauf wartete, dass das Meeresrauschen in meinen Ohren verebbte. Ich weiß auch nicht mehr, wann ich die Stufen zu meiner Dachwohnung über dem Laden hinaufstieg. Ich weiß nur noch, dass ich irgendwann vollständig angezogen ins Bett sank und das Kopfkissen über mein Gesicht zog.

Ich schlug die Augen auf, weil etwas wüst an meiner Bettdecke zerrte. Vor mir, auf meinem Schilfgrasteppich stand Timothy Kowalski und wedelte hochgradig adrenalinverstört mit dem Husumer Tageblatt vor meinem Gesicht herum. „Zieh'n Sie sich an Fenna Hansen! Wir müssen gehen!"

„Ich muss mich nicht anziehen", sagte ich und schlug die Bettdecke zurück. „Ich bin angezogen. Wohin gehen wir?"

„Zur Kanalbrücke."

„Ist mir Recht", sagte ich. „Diese Geschichte hat ohnehin den Charme einer low budget Inszenierung. Sie braucht dringend einen Ortswechsel."

Timothy Kowalski blickte mich verständnislos an. Aber ich hatte keine Lust, das zu erklären. „Steht etwas über mich drin?" fragte ich stattdessen und zog mir Lammfellstiefel über die Füße.

Aufgebracht schlug er das Husumer Tageblatt gegen den Bettpfosten. „Dieser Artikel ist eine widerwärtige Schmutzkampagne! Das ist Rufmord!"

„Armer Nils", kicherte ich. „Der würde selbst seine Großmutter für eine skandalträchtige Schlagzeile ans Messer liefern. Er ist wirklich zu bedauern. In Tönning passiert so gut wie nichts. Und jetzt, wo es einen Mord gibt, darf er sich noch nicht einmal so richtig austoben."

„Dieser Artikel könnte Sie den Kopf kosten!"

„Wieso?" sagte ich. „Ich bin es doch nicht gewesen."

Timothy Kowalski studierte eingehend das Muster meines Schilfgrasteppichs.

„Fenna Hansen." Er hob den Kopf. „Wir beide werden jetzt da hinausgehen. Sie werden nichts sagen und nichts Besonderes tun, sondern lediglich von der Fußgängerbrücke in den Kanal deuten. Sie werden ein wenig die Aufgeregte mimen und Sie werden sich immer in meiner Nähe aufhalten. Den Rest übernehme ich."

Das schien so ermutigend bis ins kleinste Detail durchdacht, dass ich mein Einverständnis schweigsam in seine erdbraunen Augen nickte. Im Weggehen hangelte ich meinen Mantel von der Stuhllehne. Vor der Ladentür packte er mich am Arm.

„Schließen Sie eigentlich nie ab? Niemals?"

Als Antwort machte ich ein unbestimmtes, ziemlich konfuses Zeichen.

Auf dem Gehweg roch es nach frischen Brötchen. Timothy Kowalski sog ein wenig zu tief die eiskalte Luft in seine Lungen. Hustend dirigierte er mich an der Apotheke vorbei. Fast im Laufschritt hasteten wir an Hannah vorüber, die ihr Fahrrad vor der Vereinsbank abstellte und mich verschreckt anstarrte. Mein Begleiter zerrte mich unerbittlich weiter und lotste mich die verschneiten Treppen zum Kanal hinunter.

„Sind wir auf der Flucht?" fragte ich. Timothy Kowalski blieb mir die Antwort schuldig, weil wir auf der Fußgängerbrücke einer Handvoll Eiderfriesen gegenüber standen und die Dinge ihren unabwendbaren Verlauf nahmen.

Timothy Kowalski presste mich schmerzhaft gegen das Brückengeländer.

„Jetzt", rief er und gab dem Taucher unterhalb der Kanalbrücke ein Zeichen.

„Gütiger Himmel, er wird doch wohl nicht den Kanal absuchen", raunte ich. Aber genau das tat er. Beinahe zeitgleich fiel ich in eine Schockstarre. Nach einer halben Ewigkeit schüttelte mich jemand und irgendwer flößte mir Eiergrog aus einem Plastikbecher ein. Dann tauchte Timothy Kowalskis Gesicht auf.

„Es ist vorbei, Fenna Hansen." Mit ernster Miene legte er mir einen aufgeweichten Geschenkkarton und einen goldenen Armreif in die Hand. „Es ist etwas eingraviert", sagte er.

Ich rührte mich nicht.

„Für meine liebe Antje" ... Fenna Hansen, das ist Petersens Weihnachtsgeschenk für seine Frau! Er hat es in den Kanal fallen lassen. Mit dem Klootstock hat er versucht, es herauszuangeln!"

Peter Krüger riss seinen Fotoapparat aus der Tasche. „Er hat keine Lizenz zum Fotografieren", sagte ich tonlos. „Er ist Historiker."

Peter Krüger lachte und klopfte mir auf die Schulter. „Na, Fenna, das passt schon. So ein Mord der keiner war, ist doch ein historisches Ereignis!"

Ich lächelte zaghaft. Eine junge Frau sah mich mitleidig an und band mir ihren Wollschal um den Hals. Während ich weitergereicht wurde, machte heißer Eiergrog aus Thermoskannen die Runde. Halb Tönning war auf den Beinen.

Und dann stand plötzlich Nils Jensen vor mir.

„Was soll dieser Budenzauber? Warum zum Henker ist die Presse nicht eingeladen? Ich bin hier die Autorität, wenn es um diesen Mord geht!"

„Nils!" Ich rang beschwörend die Hände. „Es war ein Unfall, Nils! Petersen ist nicht ermordet worden!"

Nils wischte sich fahrig feine Schweißperlen von der Oberlippe. Er lachte. Ein wenig irre wie ich fand. „Hör zu, du Klootstockmörderin ..."

Timothy Kowalski sprang heran und trat ihm in die Kniekehlen. „Nein, Nils Jensen. Diese Anschuldigung ist bösartig verdreht. Den Mord an Petersen haben Sie ausgeführt!"

Timothy Kowalski hing fast vollständig mit dem Oberkörper über der Tageszeitung und meinem Küchentisch.

„Husumer Kriminalpolizei klärt Mordfall an Bäckermeister. Mit einer beispiellosen Inszenierung, die gestern

Morgen ganz Tönning in Aufregung versetzt hat, gelang es Kommissar Timothy Kowalski den Täter zu überführen. Der mutmaßliche Mörder Nils J. der ständig nach skandalträchtigen Schlagzeilen auf der Jagd war, ist unversehens selbst in Bedrängnis geraten. Der als gewissenlos geltende Journalist, der bereits in der Vergangenheit durch immer skrupellosere Methoden ..."

Ich unterbrach ihn. „Wie ist die Kripo eigentlich auf seine Spur gekommen?"

Timothy Kowalski legte die Arme über die Zeitung. „Nach deinem Streit mit Petersen, hat er uns angerufen. Die Geschichte die er uns aufgetischt hat, die war ... recht abenteuerlich."

Ich bohrte mir schmerzhaft die Fingernägel in die Handballen. Der Mann an meinem Küchentisch strich mir beruhigend eine Haarsträne aus dem Gesicht.

„Fenna Hansen, es wird keine allzu großen Schwierigkeiten bereiten, ihm nachzuweisen, dass er Petersen aus niederen Motiven hinterrücks erschlagen hat, als der das Geschenk aus dem Kanal fischen wollte."

„Obschon es aber auch Verdachtsmomente gegen mich gegeben hat."

„Du meinst meinen Hinweis auf die obskuren Flecken ... die vor deiner Ladentür? Na ja, Fenna Hansen. Ich musste mich ein wenig für deine Bemerkung über meine Strafversetzung rächen."

Ich lächelte entrückt. Aufseufzend wischte ich mit dem Ärmel die letzten Brötchenkrümel vom Tisch. Leise, ganz leise sang ich einen alten Kinderreim.

„Ich und du ... Müllers Kuh ... Bäckers Mörder ..."

Timothy Kowalski legte sanft seine Hand über meinen Arm.

„Bäckers Mörder? Fenna Hansen, das warst du."

Die Autorin regt einen Besuch in Tönning an. Der Weihnachtskalender am Packhaus ist grandios. Und vielleicht werden Sie bei der Gelegenheit auf Peter Krüger treffen. Ihn gibt es tatsächlich.

Ebenfalls von der Autorin erhältlich:

„Eine Leiche für Perrot"

Agatha Christies Hercule Poirot ist tot. Eine mehr als betrübliche Tatsache. Wenn ... ja wenn da nicht der Enkel des großen Detektivs in die Fußstapfen seines berühmten Vorfahren treten und uns über den Verlust hinweghelfen würde.

Und da ist er nun, Achille Perrot und er hat von seinem innig geliebten Vorbild nicht nur die Vorliebe für einen Schnurrbart sondern auch das exzellente Schnüffelgen geerbt.

308 S. € 12,00 - Taschenbuch
ISBN: 978-3-74487-130-3
www.crysta-winter.de